COLLECTION
L'IMAGINAIRE

Michel Leiris

# Le ruban au cou d'Olympia

Gallimard

Michel Leiris est né en 1901. Tandis qu'il mène de « vagues » études de chimie, il fréquente le Paris des noctambules d'après-guerre, et se lie avec Max Jacob et le peintre André Masson. Passionné de poésie, il rejoint le groupe surréaliste en 1924. De cette initiation aux arcanes du rêve et du langage naissent les poèmes de *Simulacre* (1925), plus tardivement les jeux de *Glossaire, j'y serre mes gloses* (1939) et le roman *Aurora* qui ne paraîtra qu'en 1946. Angoissé par l'écriture, son mariage en 1926, sa rupture avec le groupe surréaliste, Leiris entame une psychanalyse en 1930. Désireux ensuite de se mesurer au réel, il accompagne de 1931 à 1933 la mission Dakar-Djibouti dont il publie une « chronique personnelle », *L'Afrique fantôme,* en 1934. Il travaille comme ethnologue au Musée de l'Homme jusqu'en 1971 et mène, parallèlement à cette étude des autres, une étude approfondie de lui-même. Son premier essai autobiographique, *L'âge d'homme* (1939), ne fait que lui révéler de nouveaux jeux de masques dont il se propose de découvrir la règle dans les quatre ouvrages constituant *La règle du jeu* : *Biffures* (1948), *Fourbis* (1955), *Fibrilles* (1966) et *Frêle bruit* (1976). *Le ruban au cou d'Olympia* (1981) s'inscrit dans la veine des textes autobiographiques que domine, sans complaisance ni vanité, le souci de se connaître — par quoi passe, nécessairement selon Leiris, la connaissance de l'autre, la connaissance du monde.

Soudain, le lit bascule vers la droite et me voilà précipité de ce côté, si vite que pour un peu j'en aurais le souffle coupé. Tout appui s'est dérobé et quand, mieux éveillé, je réagis en me mettant sur le dos alors que j'étais couché sur mon flanc droit, c'est le plafond qui à son tour bascule vers la gauche. Mes yeux ont quelque peine à rétablir l'équilibre et le plafond oscille plusieurs fois avant que j'aie réussi à le remettre d'aplomb, un peu comme après une embardée un conducteur redresse sa direction sans parvenir du premier coup à retrouver la ligne correcte.

Pas plus saoul d'alcool ou d'un autre toxique que victime d'un tremblement de terre, je viens d'avoir ce qu'on nomme un étourdissement, malaise dont la plupart des gens ne savent pas mieux que moi quel est le mécanisme physiologique (d'ailleurs variable suivant les cas, cela paraît évident).

Vu le tour de mes pensées plus noires encore depuis mon anniversaire récent – l'une de ces échéances funèbres que certains tiennent sans humour à voir changées en fêtes – je ne laisse pas de m'inquiéter. Pourtant, je tire bientôt de cette minime alerte une conclusion optimiste : ce pas fatal que j'appréhende à tel point de franchir et qui me semble ne pouvoir être abordé qu'après passage dans un épais buisson, dont les épines vous font mal, je le franchirai peut-être en un clin d'œil, sans ressentir plus qu'un brusque vertige qui, le temps me manquant à jamais, n'aura même pas à se dissiper.

*— Dites-vous bien, lecteur ou lectrice, ou dis-toi bien (car à me lire tu deviendras de mes proches) que si je dis ici, c'est plus pour* dire *que pour dire quelque chose.*

*— Comment, tu parles pour ne rien dire?*

*— Façon de parler, quand je dis que je dis pour dire : si je dis, c'est bien pour dire quelque chose, mais quelque chose qui (à parler franc) sera je ne sais quoi.*

*— Tu m'en diras tant... Alors, tu ne sais pas ce que tu dis?*

*— Peut-être... Mais dis donc, qu'est-ce que tu me chantes là? Je ne suis pas un gosse qu'on rabroue en lui disant qu'il ne sait pas ce qu'il dit. Si je le savais, je n'aurais pas besoin de le dire. Ainsi que je te l'ai déjà dit, je le dis pour dire — et c'est en le disant que je saurai ce que j'ai à dire.*

*— Dis toujours... Si tu dis blanc, si tu dis noir, si tu dis oui, si tu dis non, si tu dis tout ce qui te passe par la tête, qu'est-ce que cela veut dire?*

*— Cela* veut *dire. Et, cela dit, je dirai tout ce qui me chante. Même si je le crie sur les toits, tu n'as rien à y redire.*

*— C'est pas pour dire, tu m'as l'air d'un satané bavard, je ne te l'envoie pas dire!*

*— Tu auras beau dire, je n'ai pas la langue si bien pendue : à dire vrai, je* dis *simplement (et je ne t'en dirai pas plus long) pour faire taire cette chose face à quoi il n'y a rien à dire, et qui fait qu'un jour rien ne vous dit plus rien. Qu'on se le dise!*

*– Ma parole, tu parles comme un livre... C'est le cas de le dire ou jamais, y a pas à dire!*

*– A qui le dis-tu! Et dire que tu me prenais pour un phraseur...*

◇

Bonjour,
bonne année,
bonne chance,
bon courage,
bon appétit,
bonne route!

Que la parole te revienne, à toi que le mutisme étouffe!

Que l'encre trace de vivantes arabesques sur ton suaire de papier blanc!

Qu'en toi une araignée tisse la toile où des mouches se mettront à ta merci!

Que la table sur laquelle s'ouvre ton cahier devienne l'esquif de planches mû par une voile où le vent souffle!

Que ta chaise et son quadrangle de pieds t'unissent aux points cardinaux, au lieu de n'être que la sellette qui t'isole quand tu y as pris place!

Que la lampe qui t'éclaire t'apprenne à ne plus être un feu avare!

Que l'oreiller ami de ton sommeil soit une outre gonflée de rêves!

Que le sol, dur ou mou, que tu foules te rappelle que ce n'est pas sur la tête que tu marches!

Que dans la rue les maisons soient, pour ton regard, moins des murs que des fenêtres!

Que le peu d'années, de mois ou de jours qui te restent soient tas de braise plutôt que lie!

Que le nœud qui t'étrangle se dénoue avant que le temps le tranche!

Qu'au lieu de rester verrouillé tu étreignes, en esprit, la compagne que ton usure t'empêche d'étreindre charnellement!

Que tu sois le porte-parole des mots et non leur usager besogneux!

Que scintille sans éclipses, tout damas et cristaux, ton festival d'hiver!

◇

Longtemps – si ma mémoire reste digne d'être crue sur parole – nombre des courses de chevaux, prétextes à des paris gros ou petits mais sans qu'intervînt alors l'institution du tiercé, se sont faites sous le couvert de l'amélioration de la race chevaline. Tel était, en effet, le but proclamé de l'une au moins des sociétés spécialisées qui présidaient, les unes, à l'organisation des courses dites « plates », des steeple-chases et des courses de haies (épreuves dont Longchamp et Auteuil sont encore les hauts lieux dans la région parisienne), les autres – ou une seule autre – à celle des courses au trot soit attelé soit monté, épreuves plus roturières.

Serait-ce une entorse du même ordre que j'inflige à la vérité quand j'assigne à mon activité de chevaucheur de porte-plume, que je répugne à pratiquer comme un jeu qui n'aurait de sens que par lui-même, cette vertu lointainement humanitaire : découvrir à autrui des domaines qu'il ignorait, l'aider à saisir les choses en profondeur, à voir plus clair et plus large, se mieux connaître, s'améliorer?

◇

Faute de pouvoir tatouer sur l'entière surface de sa peau tout ce qu'il avait en tête, il se décida – trop fou de totalité pour accepter de laisser vierges telles parties de son corps que sa main ne pourrait atteindre assez commodément – à confier au papier, et non à la fine enveloppe qui manque aux seuls écorchés, ce qu'il voulait faire connaître de lui. Mais, en dépit d'avantages certains (esquiver de délicats problèmes de mise en pages, disposer d'un espace moins limité, rendre public ce qu'autrement la bienséance l'eût obligé à garder privé, faire de quelque chose de plus durable que lui le support de son message), ce n'était qu'un pis-aller : par cette voie indirecte – se projeter sur un écran au lieu de payer positivement de sa personne en se couvrant de la tête aux pieds d'inscriptions et d'images liées à sa masse physique encore plus étroitement qu'une efflorescence de mousse ou de lichen ne l'est apparemment à un rocher – son discours n'égalerait jamais en éloquence celui que sa chair, organe de sa vie et réceptacle de sa sensibilité, aurait tenu si, se faisant l'objet d'une sorte de damasquinage, il avait à ce grimoire naturel, son organisme humain, surimposé un autre grimoire plein à craquer de signes et n'admettant aucun point mort.

◇

*Au Musée de l'Homme, la gravure sur pierre du Magdalénien III représentant une femme (obèse, croit-on) dont le vêtement frangé semble être reproduit avec une grande exactitude.*

*En Crète — où je ne suis jamais allé — la fresque, si actuelle malgré les millénaires, dite des « Parisiennes ».*

*En Sicile, les femmes à bikini figurant dans l'une des mosaïques romaines de Piazza Armerina.*

*A l'Accademia de Venise, à l'arrière-plan de l'une des toiles de Carpaccio montrant des scènes de la vie de sainte Ursule — en l'espèce l'arrivée des ambassadeurs anglais en Bretagne — la promenade des chiens sur une place avec des gens que l'artiste a indubitablement voulus à la dernière mode de son temps, depuis de jeunes dandies jusqu'à (semble-t-il) un nain gros comme un poussah; puis — dans le rêve d'Ursule, épisode ultérieur — la fine paire de souliers rangée au pied du lit de la sainte endormie.*

*Le fameux tableau de Turner (*Pluie, vapeur, vitesse *de la National Gallery) montrant la noirceur d'une locomotive dans un brouillis lumineux de couleurs, ainsi daté et sorti du chaos.*

*Le ruban noué autour du cou de l'Olympia de Manet et les mules que ses pieds, aussi crûment nus que l'est senti tout son corps grâce à l'ajout de ces accessoires, paraissent prêts à perdre.*

*Le bracelet-montre qui, encerclant leur poignet, empêche plusieurs des innombrables femmes nues que Picasso a dessinées ou peintes d'être des Vénus mythologiques.*

*La seringue hypodermique plantée par Bacon dans le bras d'un nu féminin et qui, en la modernisant, rend la figure plus véridiquement présente.*

*La mignonne pantoufle qui découvre au Prince la Cendrillon de Perrault, la Cinderella des pantomimes de Noël et — devenue bracelet — la Cenerentola de Rossini.*

*Au théâtre, le crâne poudreux, la statue qui marche, le rasoir, la marotte de fou, l'uniforme blanc, la tête coupée sur un plat, etc., qui font que Hamlet, Don Juan, Figaro, Rigoletto, l'Aiglon, Salomé et autres spectres existent.*

*Les bas que la fille d'antan gardait pour ne pas se dissoudre dans le flou édénique de la nudité totale.*

*Appât auquel on mord, le détail qui fait de nous des saints Thomas touchant du doigt.*

*Attendu ou inattendu, l'instant qui donne prise et désarme le sinistre ruissellement du temps.*

◇

*Mon père m'a donné*
*Des rubis, des rubettes,*
*Mon père m'a donné*
*Des rubans satinés...*

Refrain qui me vient de l'enfance, chanté à mi-voix de femme ou de fillette. En chemin il s'est enrobé d'un satin de mélancolie.

◇

En 1959 à Paris, dans le cadre expressément culturel du Théâtre des Nations qui présentait chaque année des spectacles très divers, éventuellement venus de fort loin et parfois des plus beaux, l'Opéra de Francfort donnait, sous la direction musicale de Georg Solti, *les Noces de Figaro*. Un amateur tant soit peu pointilleux aurait eu son plaisir gâché par le fait que l'œuvre de Mozart et de da Ponte était chantée en allemand et non en italien; mais moi, qui en maints domaines suis plus gourmand que gourmet, cela ne m'empêcha pas d'être ravi de ma soirée.

A la fin de l'« Air militaire » sur lequel s'achève le premier acte (cet air fameux que Mozart fait revenir en citation dans l'une des dernières scènes de *Don Juan,* comme pour animer d'une note espiègle le festin sacrilège et peut-être, à un niveau plus secret, comme si ce rappel anachronique, irruption de l'actualité dans un drame légendaire, indiquait qu'on est déjà hors du temps au moment où, porté par la statue qui marche, le surnaturel va faire son entrée avec éclat) on put voir Chérubin – une gracieuse cantatrice aussi aisée vocalement que convaincante dans ses vives allures d'apprenti libertin – lancer du fond de la scène, et avec assez de force pour que le projectile passât par-dessus la tête des musiciens rassemblés dans leur fosse, la coiffure (en l'occurrence un tricorne) qui lui est échue maintenant que, pour l'éloigner, on l'a élevé du rang de page à celui d'officier. De sa main gauche, Solti le maestro attrapa l'objet au vol, tandis que de la droite munie de la baguette il continuait à diriger, pour les quelques mesures qui restaient.

Improvisé pouvait-on croire, ce gag avait pour le moins deux vertus : il supprimait d'un coup toute distance entre le plateau et l'orchestre, aussi bien qu'entre la scène et la salle, presque toujours trop rigidement séparées dans nos théâtres, et sa désinvolture témoignait d'une sympathique familiarité à l'endroit du chef-d'œuvre, trop fréquemment interprété avec un sérieux qui frise le pédantisme. Conclusion prime-sautière d'une brillante exécution, il semblait répondre spontanément à l'idée que, si l'on cherche à faire mieux que bien, il faut laisser un peu de place à la réalité vivante et imprévue du *happening* même dans une performance au déroulement très classiquement réglé.

Toutefois, je dois dire qu'avant de m'inspirer la moindre réflexion théorique touchant à l'art du spectacle, cette gaminerie me charma et me fit bientôt penser (le lieu supposé de l'action y aidant sans doute) au franc agrément que peut procurer ce que la langue taurine nomme un *adorno,* s'il vient à l'instant voulu et que, sans cabotinage grossier, le torero intercale dans un travail au demeurant magistral cet ajout qui n'a d'autre but que de montrer à quel point il domine la bête qu'il combat.

Mais c'est peut-être une analogie fortuite, portant sur un autre détail marginal, qui m'a fait ainsi glisser des prestiges de l'opéra à ceux de la corrida. Le geste de Chérubin, lançant un pont entre fiction et réalité en faisant voltiger son tricorne par-dessus l'orchestre et ses rangées de pupitres, rappelait en effet, sinon quant à l'esprit du moins quant à la forme, le geste du matador jetant la *montera* dont il était coiffé à celui ou à celle qui, de l'autre côté du couloir circulaire où se tiennent des comparses tels que les valets d'épée, est le dédicataire du taureau qu'il se prépare à tuer.

◇

Devant Regane qu'on verra faire serpenter voluptueusement ses beaux bras, le duc de Cornouailles arrache l'un des yeux du vieux comte de Gloucester étroitement ligoté. Soudaine extinction des lumières tant de la scène que de la salle, et nuit noire pendant un instant. Même jeu pour le second œil, et cette fois encore le spectateur a la cruelle impression d'être devenu brusquement aveugle.

C'est ainsi que la forme paroxystique de théâtre appelée par Antonin Artaud prenait corps inopinément dans une mise en scène anglaise du *Roi Lear,* de bout en bout très banale et platement historicisante quant à la décoration.

◇

Près du lit où Desdémone vient d'être mise à mort par son mari – en qui Iago, avant même de le prendre à la glu de fausses apparences, a fait germer l'idée que la jeune patricienne qui au mépris du scandale s'est enfuie avec lui, homme d'une autre classe et d'une autre race, est appelée à le trahir tôt ou tard – un fauteuil à haut dossier. Très grand et très fort, le ténor qui à l'Opéra de Paris incarnait Otello ce soir-là (je pourrais préciser la date, mais il me faudrait pour cela, peine disproportionnée au peu d'importance de ce détail chronologique, fouiller dans le placard où sont tant bien que mal rangées mes archives personnelles afin d'y retrouver le programme gardé comme je le fais pour presque tous les spectacles que je vois, à moins que je ne leur aie porté qu'un intérêt bien mince), le ténor wagnérien Hans Beirer, que j'avais déjà entendu et apprécié dans d'autres rôles, s'appuie des deux mains au dossier du fauteuil. Le dossier cède sous son poids et, une seconde, Otello semble prêt à tomber. Mais le chanteur se redresse et l'incident qui, si chute il y avait eue, aurait précipité intempestivement le drame dans les eaux grasses du burlesque s'avère, bien au contraire, un *accident heureux*. Nul jeu de scène calculé n'aurait pu, en effet, illustrer de façon plus convaincante la puissance herculéenne du More et son état d'égarement.

◇

Achille, qu'on a montré dans sa robe de femme, hurle maintenant devant le cadavre de Patrocle étendu à peu près nu et tout sanglant à ses pieds. Il ne déclame ni, autant dire, ne joue mais, debout face au public, il hurle, ulule, mugit, hennit, barrit et, au cœur du drame finissant, ce déchaînement perce un trou. Par son cri bestial, l'interprète se fait tout à coup si présent – séparé par si peu d'écrans de nous comme de son personnage – que c'en est presque gênant. N'est-ce pas la réalité même qui, dans sa terrible crudité, fait obscènement irruption? Non plus Alan Howard tenant l'un des grands rôles de *Troilus and Cressida* mais Achille, ami furieux et déchiré qui crève de sa clameur délirante le tissu poétique dont la guerre de Troie est la trame et, quittant la nuée de la légende, vient jusqu'à nous pour prêter voix à notre blessure insondable.

◇

Au deuxième acte de *la Tragédie du roi Christophe,* la pièce où Aimé Césaire a fait de l'ancien portier devenu roi un héros d'envergure shakespearienne, un personnage apparaît, pour une courte scène : envoyé par Louis XVIII pour inviter Christophe, qui règne sur le nord d'Haïti, à rentrer dans le giron de la France, l'Espagnol Franco de Medina ne réussit qu'à provoquer la colère du monarque, qui le condamne à mort. On le verra s'en aller vers le lieu de l'exécution, escorté de quelques soldats. Une entrée, quelques brèves répliques et une sortie, c'est à cela que se limite le rôle – un rôle sans relief, et tout à fait accessoire, une « panne » dont on se demande quel acteur pourrait en tirer quelque chose. Nul, d'ailleurs, de ceux qui s'en étaient chargés jusqu'à cette représentation (l'une de celles qui en 1965 furent données à Dakar) n'en avait fait quoi que ce soit, si tant est qu'il eût essayé !

Or le hasard voulut que le metteur en scène et directeur de la troupe, Jean-Marie Serreau, dût jouer ce rôle au pied levé, pour remplacer le titulaire du moment, rappelé à Paris par ses occupations. Ni Césaire, ni aucun des amis qui comme moi se trouvaient dans la salle n'était au courant de ce remplacement. Grande fut donc notre surprise quand le nouveau Franco de Medina se présenta sur la scène et que nous vîmes ce calamiteux personnage devenu soudain autre chose que la silhouette falote à laquelle nous étions accoutumés.

Deux idées simples comme bonjour. Historiquement, Franco de Medina était un Espagnol et il va donc de soi que sa façon de prononcer le français s'en ressentait – occasion pour Serreau de donner à son personnage quelque vigueur caricaturale en le dotant d'un fort accent. Théâtralement, sa sortie posait un problème : comment devait-il s'en aller mourir ? Une allure accablée eût été trop mélodramatique et une allure martiale trop « flotte petit drapeau », de sorte que jusqu'alors les interprètes du rôle s'étaient prudemment abstenus de toute indication psychologique, ce qui amenait la scène à tourner court. Or Serreau sut se tirer d'affaire en ajoutant une visible claudication à l'accent burlesque de son Franco de Medina, coup double puisque, d'une part, il le singularisait encore un peu plus en le faisant boiter et que, d'autre part, il lui conférait un intérêt scénique immédiat en le faisant marcher à la mort en traînant piteusement la jambe, goutteux peut-être comme son royal patron.

J'ai toujours admiré qu'un acteur, grâce à son ingéniosité, soit parvenu à rendre consistant ce personnage que Césaire n'avait introduit dans sa pièce que pour faire ressortir un côté du caractère de Christophe. Saisir d'emblée les diverses données et résoudre le problème avec brio, voilà ce que Serreau avait fait, homme de théâtre qui se pliait aux exigences du spectacle mais restait assez scrupuleux pour y satisfaire sans verser dans la gratuité. Ainsi conjuguée à la véridicité, la fantaisie aboutissait à l'absolue *présence* d'une figure qui, auparavant, n'existait pas.

◇

*La rognure d'ongle, boucle de cheveux ou autre fragment de la personne grâce auquel une magie pourra s'exercer.*

*Chez Siegmund Freud, qu'un intellectuel français des années 20 a comparé à un détective (nommément Nick Carter) dont la chasse au mystère prend pour base quelques indices infimes, le menu fait — lapsus, acte manqué... — empli d'une grande signification.*

*Chez Marcel Proust, qui passa presque tout son temps à tenter de neutraliser le temps, la sensation fugace qui fait resurgir un large pan de souvenirs.*

*Pomme de Newton, le cas précis et concret d'où l'on partira pour élaborer une théorie.*

*En sens inverse, la goutte d'eau qui fait déborder le vase.*

◇

Une figure sans vie dont rebutaient aussi bien la raideur de forme que la couleur presque cadavérique, telle était à peu près l'opinion que mon père avait de l'*Olympia* de Manet, s'opposant sur ce point à un assez proche cousin de ma mère qui tenait ce tableau pour un chef-d'œuvre. Peintre à ses heures et signant « Louis de Lutèce » – parce que Louis comme Louis XIV et né de Paris comme Villon – les articles qu'il publiait dans d'obscurs bulletins d'associations privées ou de paroisses, ce modeste fonctionnaire, qui se flattait d'être critique d'art et dont le bagout volontiers frondeur était une rose à sa boutonnière de bourgeois un peu bohème quoique foncièrement bien-pensant, représentait en matière de beaux-arts le moderniste de la famille.

C'est très tôt (probablement peu après le transfert du Luxembourg au Louvre qui marqua sa consécration définitive, et alors que j'étais un très petit garçon plus familier de l'église Notre-Dame-d'Auteuil que de ces temples laïcs, les musées) que j'ai eu vent de l'*Olympia,* qui n'était donc pas pour moi une inconnue totale la première fois que je la vis, soit en chair et en os, si je puis dire, soit sous les maigres espèces d'une reproduction photographique. N'est-ce pas à cause des échos qui, très anciennement, m'étaient venus du différend auquel elle prêtait entre mon père le béotien et son parent par alliance le fin connaisseur qu'elle reste parée pour moi du charme singulier de l'œuvre fameuse mais pas toujours comprise qui, controversée passionnément et regardée par certains comme un péché contre le goût, est imprégnée – malgré tous les encens – d'une légère odeur de fagot?

◇

Cette opération, mon père en était mort après d'affreux tourments et je devais, effet de l'âge, la subir à mon tour. Bien qu'il fût entendu que, grâce aux progrès de la chirurgie, elle n'était plus la grave affaire qu'elle était autrefois, j'avais très peur. Moins, certes, parce qu'une issue dramatique me paraissait possible, qu'en raison des douleurs qu'à mon sens une telle intervention ne pouvait manquer d'entraîner. Malgré tout ce qui m'était dit de rassurant – « Vous en aurez en tout pour une heure de souffrance », m'affirmait l'un, sans se rendre compte qu'une heure, cela me semblait encore bien trop – je me sentais promis à d'intolérables moments et, par surcroît, la seule idée de cette blessure au plus intime de ma personne et des soins très spéciaux que mon état exigerait me causait une véritable horreur. C'est pourquoi, dès que j'eus décidé de recourir sans tarder à ce remède radical pour mettre fin à des ennuis dont je pouvais espérer seulement qu'ils ne s'accroîtraient pas trop vite, je me trouvai face à face avec ma peur et ne pus m'empêcher d'en être troublé profondément. Non seulement j'y pensais le jour mais, au moins une fois, il arriva que cela m'assaillît dans le calme de la nuit, sous une forme fantasque.

Pas d'images, mais une sorte de méditation – ou de spéculation – purement abstraite sur ce qui m'attendait. Un fait de contact culturel, c'est de cette manière saugrenue que la chose se présentait, dans mon esprit de patenté en ethnologie : de même qu'un peuple emprunte certains traits de culture à un autre peuple avec lequel il se trouve en relation, je me verrais, dans peu de temps, imposer certaines pratiques pour moi inédites jusqu'alors et il convenait que, d'ores et déjà préparé mentalement, je fusse tout prêt pour cette plongée dans une autre civilisation, mon entrée en clinique. Deux phases étaient à distinguer, j'en étais informé sans savoir pour autant laquelle précédait l'autre : l'une, technique, était le *procédé,* qui voulait notamment qu'après l'anesthésie je revienne à moi avec une sonde dans la verge; l'autre, psychologique, était l'*adoption* ou *adaptation.* Il n'y avait là rien d'angoissant et j'éprouvais, à l'inverse, le sentiment que tout cela, loin d'être la mer à boire, était essentiellement question de bonne volonté. Y réfléchissant deux jours après, je me dis que, dans cette élucubration nocturne dont je m'efforçais de ressaisir tous les détails, il s'agissait, en somme, d'emprunter la sonde à la manière dont une civilisation emprunte à une autre l'arc ou le métier à tisser et, lancé sur cette pente technologique, je me demandai si le terme « procédé », qui faisait allusion à l'obligation où je serais d'adopter jusqu'à guérison l'usage de porter une sonde, en m'adaptant à cette infirmité temporaire, ne s'appliquait pas à l'objet lui-même, tout comme le mot « pratique » est employé, hors de ses acceptions courantes, pour désigner le petit instrument de fer-blanc que les montreurs de marionnettes se mettent dans la bouche pour rendre leur voix criarde. Explication apparemment satisfaisante, à laquelle je m'en tiendrais encore si, tout récemment, une autre bien plus simple ne s'était présentée. Trois lignes lues dans un dictionnaire, au hasard d'une recherche portant sur un point très différent, m'ont en effet rappelé que le mot « procédé » peut lui aussi se matérialiser en un objet : la rondelle de cuir fixée à l'extrémité d'une queue de billard, dite alors *queue à procédé* (dans le cas dont je parle, définition à peine métaphorique de ma virilité telle qu'elle allait être pour un temps).

Muer l'épreuve redoutée en un phénomène analogue à tels de ceux qu'il me revenait professionnellement d'étudier, il est certain que c'était un moyen de la minimiser. Sinon, aurais-je songé à l'arc, au métier à tisser et au morceau de fer-blanc, substituts totalement aberrants du mince *corps étranger* dont il me faudrait admettre la présence ?

Le seuil franchi, je constatai que j'avais eu effectivement grand tort de prendre au tragique ce qui s'avéra, tout compte fait, mieux assorti au clysopompe des vieilles pantalonnades qu'au glaive ou au poignard. Nul héroïsme à déployer, mais savoir seulement s'accommoder de cette farce plus répugnante qu'atroce et que la nécessité de me ré-éduquer peu à peu quant à l'une des fonctions les plus basses, une fois ôté l'engin qui y avait d'abord pourvu, acheva de rendre simplement déprimante – exception faite toutefois d'un épisode hors programme mais de tous le plus pénible quand, sorti de convalescence et croyant le trait définitivement tiré, je dus, à cause d'une complication bénigne qui appela de nouveaux soins, me prêter à un examen qui, lui, me fit plus mal que le pire même de ce que j'avais enduré (la gêne paradoxale de la première nuit, sensation cuisante de besoin insatisfait alors qu'en vérité vous éliminez sans obstacle). Une farce-attrape qui vous fait choir dans le trou de l'absurde – ainsi le morceau de sucre qui flotte au lieu de fondre ou la cigarette qui explose après quelques bouffées –, voilà comment m'est apparu finalement le supplice dont, par quiproquo, la perspective m'avait amené à tant ruser pour asseoir mon courage...

« Vous voilà redevenu un homme ! » m'avait gaillardement déclaré, en me libérant de l'indésirable tuyau, la jeune, gaie et accorte pied-noir originaire de Sidi-bel-Abbès qui était ma principale infirmière. Mais quel homme ? La question persiste à se poser et, même complet, mon *curriculum vitae* médical ne lui apporterait qu'une réponse plus que lacunaire.

◇

Le mot « amour » comme un étendard rouge.
Le mot « adieu » comme un mouchoir replié.

Cet incident, à peine digne de recevoir ce nom, j'avais songé d'abord – et c'était déjà trop – à en faire l'objet d'une note cursive qui eût figuré, à la date du 14 novembre 1975, dans le journal plus qu'irrégulier depuis longtemps, mais où il m'arrive encore d'inscrire tel fait qui m'a frappé pour une raison quelconque ou telle idée qui m'est venue et que, peut-être à tort, je tiens à ne pas laisser se perdre. Or, entamant la rédaction de cette note, j'ai été presque aussitôt la proie d'une sorte de fascination me portant à conter avec autant de détails que je le pouvais, sans tomber dans l'inexactitude, voire dans l'invention, une histoire qui raisonnablement ne valait pas d'être consignée, fût-ce en très peu de mots, poussière qu'elle est parmi les innombrables poussières dont la mémoire, à l'ordinaire, ne veut pas s'encombrer et n'aurait d'ailleurs pas, humainement, la capacité de les emmagasiner toutes. Moitié désir honnête d'exhaustivité, moitié satisfaction trouvée dans un cérémonial verbal substitué à l'aventure dérisoire qui m'avait été donnée pour possible mais n'avait pas eu lieu et tirait de son inaboutissement (et plus encore du fait que mon délabrement organique excluait, l'eussé-je voulu, qu'elle aboutît pleinement) son pouvoir de hantise, j'ai rédigé cette manière de recit avec plus d'application qu'il ne se devait et un soin disproportionné à la futilité de ce qui en avait été le prétexte.

Sur le trottoir impair de la rue des Capucines, que l'onomastique voue à des plantes grimpantes ou à des moinesses, un vendredi, jour placé par l'étymologie sous l'égide de Vénus. S'arrête à ma hauteur, peu avant le boulevard, une coquette voiture de sport (Sunbeam ou Triumph, peut-être) très basse et de couleur bouton d'or. Deux minces jeunes femmes, assez bien mises, occupent les sièges avant. Celle de gauche est une brune aux cheveux assez longs et à l'air plutôt grave; celle de droite, vêtue plus gai que sa voisine en manteau noir ou de couleur très sombre par-dessus le chemisier blanc (ce qui convient à la pâleur de son teint), a des cheveux blonds ou châtains plus courts et ressemble – suffisamment pour me mettre au bord de la méprise – à une jeune Américaine que je connais, fille d'excellente famille qui travaille pour le Museum of Modern Art de New York et dont le visage mutin comme la svelte silhouette sont des plus séduisants. Un dialogue s'engage entre ces deux personnes et moi, qui les prends d'abord pour deux étrangères en quête d'un renseignement.

*La Blonde* (qui la première attira mon attention, sa place dans la voiture aidant et l'autre faisant auprès d'elle figure de confidente comme il y en a dans le théâtre classique) : On vous emmène?

*Moi* (les deux mains posées sur la portière dont la vitre est baissée) : Où?

*La Blonde* (et probablement la Brune, faisant chorus) : Pas loin...

Une pause puis, d'une voix douce et avec un sourire charmant :

*La Blonde* : On va faire l'amour...

*Moi* (aimable comme il sied) : Vous êtes bien gentilles. Mais je suis un peu âgé.

*La Blonde* (désinvolte quoique toujours suave) : Ah bon!

La voiture démarre aussitôt et je la reverrai, quelques mètres plus loin, arrêtée à un feu et cette fois vers le milieu de la chaussée.

Poursuivant mon chemin, je fais – rue de Sèze, sur le trottoir de droite en allant vers la rue Chauveau-Lagarde dont, pour en avoir usé, je connais l'une des boutiques, le chenil situé à l'angle du boulevard Malesherbes – une seconde rencontre : marchant dans le sens inverse du mien une femme franchement mûre, quelque peu sanglée dans son épaisse fourrure (vrai ou faux léopard, autant que j'en aie pu juger) et dénuée de toute grâce malgré sa recherche coquette. Au moment précis où elle me croise, elle m'adresse – brusque retroussis des lèvres soudain en position d'accent circonflexe renversé – un rouge sourire, tout de suite effacé comme par un déclic analogue à celui qui l'avait provoqué, rien dans mon attitude n'indiquant que je puis prendre un seul instant l'offre muette en considération. De celle-là, dont l'âge eût peut-être été plus indulgent pour le mien à l'heure où le corps masculin doit s'orner d'un sceptre royal, nul regret ne m'accompagnera, alors que persistera à m'escorter l'image des deux sirènes qui n'avaient livré à ma vue que leur buste pas même en gloire et que j'avais laissées se noyer dans la rumeur océanique des parages de la Madeleine et de l'Opéra. Leur chasse, j'en suis sûr, n'aura pas tardé à s'avérer fructueuse et je souhaite que tout l'argent et peut-être le plaisir qu'elles cherchaient leur soient venus comme sur du velours. Mais, si je vois la silhouette de l'autre (celle à la bouche trop mécanique et trop lourdement fardée) sous l'aspect vaguement fantomal d'un vieil acteur de *kabuki* mimant avec une outrance stylisée les minauderies d'une courtisane, la fraîche image des deux filles qui m'avaient proposé de me voiturer vers je ne sais quelle chambre ou quel studio banal, qui pour un temps serait devenu un éden pour peu que j'eusse été en mesure de répondre à l'enchantement, a pris en moi la forme d'un souvenir amer et tendre que je juge long à s'évanouir.

Souvenir qui, à dire vrai, aurait vite cessé de me tourmenter si, au lieu de m'être dicté par la crainte d'un *oui* qui m'aurait certainement conduit à perdre la face, le *non* que j'avais opposé à l'invite des deux belles avait résulté de mon libre choix (un choix que, peu enclin aux frasques adultérines, j'eusse orienté négativement sans doute, n'ayant du reste aucun goût pour les amours vénales et, par surcroît, manquant ce jour-là du loisir voulu).

Pourtant, ma rêverie équivoque s'obstinant comme une fièvre tenace, je ne puis m'empêcher de me demander si, l'épreuve subie sans désastre, je n'aurais pas été aiguillé vers une pratique, de piètre aloi mais bénéfique, consistant à raviver parfois en catimini, avec d'avenantes sorcières qui (roulant ou non carrosse pour pêcher leurs chalands) auraient plus d'un tour dans leur sac, un volet précieux de ma vie dont j'admets mal qu'il soit pour toujours décoloré...

Mais il se peut qu'à l'inverse, l'expérience s'étant soldée par l'échec que je redoutais, la chose ait tourné pour moi d'une façon pire qu'humiliante : agacées par l'inertie de leur triste cavalier, dépitées en tant que séductrices capables de ressusciter des morts autant que de damner des saints, trompées (aussi généreux que je fusse) dans leurs espoirs de vendeuses aux dents démesurément longues, les deux nymphes – ou bien ma préférée, la blonde, si ce n'était pas à une étreinte plurielle que j'avais été convié – se seraient transformées en harpies, qui m'auraient accablé de leur mépris, voire de leurs insultes malsonnantes, au moment où justement il eût été bon que, loin de plonger le fer dans la plaie, on pansât ma blessure. De sorte que les délices promises auraient viré au supplice, et l'idylle à l'explosion de mutuel ressentiment.

Toutefois, ma rêverie d'obsédé s'édulcorant jusqu'à céder le pas à la réflexion critique (après des avatars tels que l'idée qu'une solution élégante aurait pu être de notifier à mes deux complices, si j'en avais eu deux, que j'entendais bien n'être que le témoin émoustillé de leurs ébats), je me dis – source d'un autre type de mélancolie – que je dois être nerveusement en bien mauvais état pour qu'une affaire aussi minime, repousser courtoisement les avances mercantiles de deux plaisantes filles en m'avouant trop vieux monsieur, ait pu me troubler à ce point.

Le mot « plaisir », comme une coque vide.
Le mot « courage », comme une brosse de chiendent.

◇

– Qu'est-ce que vous avez à me regarder, je vous emmerde!

Voilà ce qu'a crié – à l'instant où nous nous croisions dans la rue Dauphine aux multiples rez-de-chaussée commerciaux dont ma pharmacie, mon tabac et le modeste salon de coiffure où une mignonne jeune femme traite chaque semaine mon crâne à la tondeuse et aux ciseaux ne sont que des exemples aux trop faibles couleurs – l'assez jeune mais blafard et déjeté personnage qui, légèrement titubant, se tenait à quelques mètres devant moi au milieu d'une rue transversale. J'avais à peine jeté les yeux sur lui, avec toutefois une répugnance qu'il avait dû deviner (conscient sans doute de son état et de la réprobation qui pouvait en résulter) mais que certainement il n'avait pas eu le temps de constater, tant mon regard avait été peu appuyé.

– Moi aussi! proférai-je sans me retourner et faisant de la main droite laissée pendante un geste semblable à celui par lequel on invite au calme un roquet qui vous jappe après.

– Je vous emmerde doublement! répliqua *fortissimo* mon singe hurleur, tandis que je poursuivais ma route avec la dignité compassée de celui que ne saurait atteindre une injure venue de beaucoup plus bas que lui et lancée par quelqu'un dont la tête est tourneboulée soit par son ivresse du moment, soit de façon permanente, ce que m'incitait à croire l'allure de *minus habens* (à mise quelque peu débraillée, mais plutôt petite-bourgeoise que clocharde) qui m'avait frappé chez cet inconnu devenu aussitôt mon insulteur.

Noblement, je continuai à marcher du même pas un peu lent qui était le mien juste avant l'algarade. Noblement, mais intérieurement saisi par un frisson de peur. Peur de quoi? Sûrement pas des voies de fait auxquelles cet être malingre aurait pu, la colère l'y poussant, se livrer contre moi (je n'ai rien d'un athlète, mais je savais fort bien que ce minable aurait pu tout au plus m'entraîner dans un combat grotesque dont aucun dommage sérieux infligé à l'adversaire n'aurait été le trophée, ni pour lui ni pour moi). Peur, à dire vrai, comme on a peur d'un spectre, ici représenté par ce vivant qui semblait n'être qu'un déchet. Peur, comme si le spectacle d'un humain réduit à la condition d'épave vous rappelait que vous êtes promis à dégénérer vous aussi quand, physiquement, vous serez au bout du rouleau et comme si, l'âge ruinant mes défenses à l'heure même où j'en aurais besoin plus qu'avant, ma peur abstraite de l'inéluctable était maintenant assez profonde pour que n'importe quoi puisse l'éveiller et qu'elle se traduise, pratiquement, par la peur de tout.

Horreur aussi de se sentir objet de haine, et dégoût de faire partie d'un univers dont l'existence de certaines misères auxquelles nul palliatif rationnel n'est capable de remédier suffirait à dénoncer la cruauté fondamentale.

◇

Place de Furstenberg, qu'orne un lampadaire dont les cinq globes ont l'air de gros raisins blancs dans la treille formée par les branches des quatre arbres plantés autour, un homme entre deux âges, plutôt maigre et de tenue délabrée, marche en venant, semble-t-il, de la rue Jacob. Allant vers le côté sud de la place (le plus proche de la rue de l'Abbaye, où se trouve le commissariat de police du quartier), il arrive à une assez pauvre fenêtre de rez-de-chaussée, à gauche par rapport à moi comme par rapport à lui, et là – en type qui connaît les bons coins – il dépose sur le rebord de cette fenêtre la bouteille à demi pleine qu'il tenait à la main. Puis il repart tranquillement, agissant comme s'il était chez lui et comme si, bien avisé, il traitait le rebord pierreux de cette fenêtre munie de barreaux en cave où il aurait rangé le vin qui lui restait à consommer.

Je prends moi-même la rue de l'Abbaye, direction Saint-Germain-des-Prés, où je dois rencontrer – aux Deux-Magots qui s'avérera fermé pour la saison – deux amies anglaises dont l'une, que je n'ai pas vue depuis très longtemps, a téléphoné pour dire qu'elle est de passage à Paris et disposera d'un moment ce soir vers les six heures. Mes deux amies quittées, après une station brève dans un café qu'embrassent la rue de Buci et la rue de l'Échaudé, le Mabillon, où nous avons juste eu le temps (l'horaire de la passagère étant très minuté) de bavarder un peu en buvant elles deux un kir chacune et moi-même un café, je traverse une seconde fois la place de Furstenberg, marchant alors vers la rue Jacob ainsi qu'il convient pour rentrer chez moi qui suis allé jusqu'au parking souterrain de Saint-Germain-des-Prés, où l'amie de la passagère avait laissé sa voiture faute d'avoir trouvé une autre place. Presque aussitôt, j'aperçois l'homme de tout à l'heure qui semble cette fois encore venir de la rue Jacob. Ayant sans doute envie d'ingurgiter au moins quelques lampées de la bouteille qu'il avait précieusement entreposée sur ce rebord de fenêtre (provision dans une resserre ou vin de messe sur une table d'autel), il retourne, je suppose, vers ce semblant de bistrot installé par lui-même en plein vent comme au cours du combat un taureau retourne à sa *querencia*. Rien n'est changé dans sa tenue et c'est de la même démarche légèrement incertaine qu'il s'avance dans ma direction. Mais – chose nouvelle, à moins qu'elle ne me soit pas apparue il y a une heure, nos positions respectives étant alors différentes – le côté gauche de sa face, pour moi le côté droit, est maintenant à demi masqué par une grande et vilaine ecchymose rougeâtre qui lui marque le front, une aile du nez et la moitié d'une joue.

Est-il tombé? S'est-il cogné? S'est-il battu? Pour le savoir, il m'aurait fallu l'interroger. Or je me défie des contacts avec les ivrognes inconnus, facilement casse-pieds, et je n'avais d'ailleurs pas le moindre droit de m'immiscer dans ses affaires privées, aussi fort que la métamorphose (ou ce qui me semblait tel) eût excité ma curiosité.

◇

Promue *Olympia* ou *M^lle^ V. en costume d'espada,* Victorine Meurent, modèle d'Édouard Manet, peut être figurée couchée ou debout, dénudée ou porteuse d'un fringant vêtement noir à culotte courte qui tend – sans y parvenir – à masculiniser ses formes : rien, en elle, qui ne signifie la Beauté. Mais rien non plus qui édulcore cette Beauté en l'éloignant des circonstances et la situant à des hauteurs sublimes. En chambre ou au plein soleil, étendue sur un lit ou les pieds solidement plantés sur le sable d'une arène, recevant un bouquet sans y prêter attention ou levant son épée comme pour battre sagement la mesure d'une symphonie tragique (tandis qu'à sa main gauche le bouillonnement du leurre est à peu près du même rose que le grand nœud qui se chiffonne à l'oreille de l'impassible Olympia), elle demeure cette personne dont le joli visage un peu lourd est, malgré l'écart de plus d'un siècle, celui d'une jeune femme parfaitement actuelle et qui, des plus terrestres, pourrait fort bien être l'une de ces créatures dont on rêve la nuit parce qu'on les a croisées le jour.

◇

Maladroitement exécuté au crayon noir et aux crayons de couleur, le dessin – qui occupait la surface entière d'une feuille de papier écolier – montrait un ensemble de scènes toutes plus sanglantes les unes que les autres, et qui se rapportaient soit à un seul accident exposé avec ses effets directs, soit à plusieurs accidents dont je ne me souviens plus s'ils n'étaient que simultanés (liés entre eux rien que par la coïncidence) ou si, espèce de catastrophe en chaîne, ils se déduisaient les uns des autres. L'épisode principal était le déraillement d'un tramway ou sa collision avec un autre véhicule. Partout, le sang giclait, et même les oiseaux du ciel, éclaboussés à moins qu'ils n'aient été de leur côté victimes de quelque malheur accordé au désastre ambiant, en étaient dégoulinants.

Le goût de la couleur rouge – la plus éclatante de toutes – était probablement entré pour beaucoup dans le choix d'un pareil sujet, encore qu'inversement le rouge fût (il n'en faut pas douter) redevable d'une bonne part de son pouvoir d'attraction sur le gribouilleur passionné que je fus durant une bonne part de mon enfance au fait d'être, par excellence, la couleur du drame si celui-ci, pour être vraiment le drame, doit impliquer effusion de sang.

◇

Dans la pauvre chambre d'hôtel meublé, sur le plancher de laquelle le litre vide avait roulé et où régnait le désordre le plus grand (la table renversée, le linge épars et la vaisselle brisée), l'homme aux gros souliers probablement cloutés et dont la chemise déboutonnée laissait voir la poitrine velue, était assis sur une chaise. Hébété, il ne regardait ni le berceau sens dessus dessous, ni le paquet (on eût dit de chiffons sales) qu'était maintenant le bébé dont il avait fracassé la tête en le projetant contre le mur. La femme n'était pas là, soit que l'énergumène l'eût chassée à coups de poing et de pied avant ou après le drame, soit qu'elle fût allée – mais trop tard – quérir les logeurs (ou, à défaut de ceux-ci peut-être tapant le carton au débit de boissons voisin, la police) afin de maîtriser le compagnon qui cette fois dépassait les bornes. Nettement visible bien que le jour tombât, une large tache grumeleuse qui n'était pas une tache de vomissure étoilait le papier à fleurs estompées par le temps et par l'obscurité grandissante. Quel avait été le motif de la querelle : de sa part à lui (qui très vite avait *vu rouge*), la soupe pas assez chaude ou, de sa part à elle (pleurarde comme toujours), le retour titubant ?

◇

La quittant après l'avoir rencontrée, non par vrai hasard car il était normal que cette fin d'après-midi-là nous fussions l'un comme l'autre en ce lieu, j'ai baisé les deux joues de ma Dame de Pique, toujours souriante malgré sa sombre et fine allure d'oiseau rapace.

En les touchant, ma bouche s'est étonnée cette fois encore de la rondeur enfantine de ses joues, de même que mon regard, bien qu'il ne découvrît là rien qu'il eût ignoré, fut surpris par sa stature, que ses talons faisaient (d'ailleurs sans peine) un peu plus élevée que la mienne.

Que j'aie pris d'elle aussi affectueusement congé prouve que je reste attaché à l'époque où, exalté par le pays dont la visite nous avait réunis et qui semblait alors propre à ranimer tous les espoirs, je m'étais fait ce qu'en un autre temps on eût appelé son chevalier servant. Mais, si le geste qui accompagna l'« au revoir » que je lui disais montre également qu'il lui suffit de reparaître pour que son charme ambigu recommence à me dominer, ne fût-ce que quand elle est présente – à ma portée – et pas une heure de plus, il n'exprime nul désir positif que j'aurais de jouer à nouveau une carte sur laquelle j'ai perdu il y a quelques années.

Carte qu'en vérité je n'ai pas jouée, si ce n'est sur un plan analogue à celui du rêve éveillé, étant engagé dans d'autres liens et sachant, au demeurant, que c'était déjà trop tard que la chance, coutumière des maldonnes, la faisait – sauf illusion – tomber entre mes mains.

◇

*Grâce, Nonchalance, Frivolité,* telle pourrait être la devise de cet article de Paris, Olympia. Sans autre rôle que de mettre son corps en vedette et que d'en signifier la gloire, sa parure réduite à quelques ajouts qui ne masquent rien et, tout proche, le bouquet galamment envoyé la définissent comme bien dont le haut prix, justifié uniquement par les joies que cette tourneuse de têtes semble promettre, est étranger à toute sage pesée. Peu importe que l'image réalisée par Édouard Manet soit de l'ordre des choses qui n'échappent pas aux fluctuations du marché, l'on ne sait à quelle aune mesurer cette figure explicite de la séduction, façonnée par des mains sorcières et d'où, qu'on ne retienne que l'œuvre peinte pour le seul plaisir artiste ou qu'on songe à la créature de luxe que cette œuvre évoque, l'utilité utilitaire en gros ou en détail est cyniquement absente.

◇

*Mon amante,*
*mon amie,*
*ma mascotte,*
*mon totem,*
*mon talisman,*
*ma manne,*
*mon chanvre indien,*
*ma mie,*
*ma mère,*
*ma mare aux fées,*
*mon murmure,*
*ma musique,*
*ma mire,*
*ma vigie,*
*ma terre,*
*mon rubis,*
*mon ruban,*
*ma rebelle.*
*ma lumineuse,*
*mon éclaircie,*
*mon embellie,*
*ma ribambelle,*
*ma moitié,*
*mon unique,*
*mon immédiate,*
*ma millénaire!*

◇

Entre ces deux êtres dont la différence de sexe était mise entre parenthèses et qui ne s'en trouvaient que plus librement liés, existait-il – relation négative, mais singulièrement forte – la complicité d'un interdit tacite qui, ne concernant qu'eux deux, les aurait situés à part dans la coterie aux mœurs peu rigoristes au sein de laquelle ils vivaient ? Ou bien – seul comme s'il avait rêvé – était-ce lui qui, sous couleur d'amitié profonde pour cette femme qui comme lui avait auprès de quelqu'un d'autre son ancrage, se l'était sournoisement appropriée – tous obstacles éludés – en faisant d'elle, sans que personne non plus qu'elle-même en sût rien, son intouchable Dulcinée ?

(A moitié fiction déjà, tel est le schéma du roman que pourrait écrire celui qui, sans fidélité puritaine à la dictée des faits, se pose cette question sous le manteau d'un *il* de convention, si pour traiter son motif il savait mettre en œuvre des détails qui, pertinents ou gratuits, vrais ou imaginaires, et relatifs à peu importe quoi – caractères, péripéties, temps, lieux, etc. –, ne serviraient pas seulement à exposer la chose de manière plus circonstanciée, mais à infuser à l'ensemble du texte ainsi jalonné de points chauds une réalité capable par sa vertu propre de passer la rampe.)

◇

Cordons, galons, ganses, rubans, tresses, etc. Est-ce une boutique de passementerie, de mercerie ou autre petit commerce qu'avait tenue cette M^me^ Sapin, que je me rappelle avoir rencontrée étant enfant sans bien savoir quel était son rapport (sûrement assez lointain) avec mon père et ma mère? Pour unique fidèle, autant qu'il m'en souvienne, cette personne qui, sans doute veuve, vivait seule avait un neveu dont le physique (à croire que son prénom Prosper l'avait poussé à indécemment prospérer) était de ceux qu'on n'oublie pas : un obèse au teint pourpre d'apoplectique pas plus fin d'esprit que de corps mais regardé comme un brave garçon, homme déjà mûr à mon échelle d'alors et dont je me demande – avec non moins d'incertitude qu'à propos de l'occupation ancienne de la dame – s'il ne l'avait pas aidée, comme employé et peut-être finalement successeur, dans la conduite de sa modeste entreprise. Mais ce petit magasin a-t-il vraiment existé et n'est-il pas une traduction par l'image ou une espèce d'hiéroglyphe se substituant, dans ma tête en quête d'une résurgence positive, aux termes trop abstraits à mon gré que sont « vieillot », « mesquin », « petit-bourgeois »?

Mon oncle maternel – à qui les aventures de cœur n'avaient pas manqué et qu'on pouvait tenir pour un bon connaisseur en matière de beauté féminine – s'étonnait parfois que, plus jeune, cette maigre créature disgracieuse et réputée fort méchante eût été si jolie, dans ses atours (précisait-il) de tel mariage ou de telle réjouissance à laquelle il avait participé lui aussi, malgré sa coutumière sauvagerie.

Cette Mme Sapin, si charmante quand elle était encore la « petite Sapin » (comme disait l'oncle) mais devenue presque aussi déplaisante qu'une fée Carabosse comme si, vieillissante, elle avait été rongée par l'aigreur de son caractère, je suis certain de ne pas broder en relevant qu'à l'époque où j'escortai ma mère pour une visite que, pur devoir de civilité, celle-ci lui faisait, elle habitait rue de l'Arbre-Sec.

De ma sœur aînée – dont la mémoire presque sans défaut m'étonne autant que la gaieté qu'à plus de quatre-vingt-dix ans elle a su conserver – j'ai appris que le petit magasin dont je ne me rappelais pas la nature exacte et de la réalité duquel j'avais fini par douter a bel et bien existé et qu'à sa direction le neveu avait effectivement succédé à la tante Ce qui s'y vendait, article unique ou du moins article principal, c'étaient, m'a rapporté ma sœur, des filets pour les cheveux des dames, soit ce que – plus brièvement, et content d'employer le mot juste – j'appellerai des résilles.

Autre fil du réseau : j'ai su aussi par ma sœur (en fait, selon les froides données de la généalogie, cousine intégrée à la maisonnée après la mort prématurée de son père frère du mien) qu'elle était quant à elle parente de la boutiquière, donc très à même, par le statut familial et non seulement par l'aînesse, de débrouiller pour moi l'écheveau des tenants et aboutissants de cette personne dont mon oncle, paraît-il, exaltait plaisamment ce qu'avaient été ses grâces maintenant plus qu'effeuillées en la disant alors telle, qu'il aurait traversé Paris à genoux pour aller la trouver.

◇

Dans le roman sans fantasmagorie et tout à fait de notre temps que j'aurais plaisir à écrire – souhait diffus qui ne m'a autant dire jamais dicté le moindre embryon sérieux de plan ni même quelque idée de scène à machiner ou, parfum entêtant, d'atmosphère à créer – il y aurait naturellement des hommes et des femmes. Mais qui seraient-ils? Où seraient-ils? Que feraient-ils?

Tenant à inventer des personnages qui ne seraient pas des portraits déguisés (le mien et ceux de gens que je connais) mais existeraient par eux-mêmes et, agissant indépendamment de mes décisions, me surprendraient tout le premier – car s'ils n'étaient que des calques ou des pantins dirigés dont les actes ne m'apprendraient rien, à quoi bon écrire un roman? – je suis, dès l'abord, embarrassé. Problème initial : quels métiers leur donner? Impossible d'en faire des ouvriers ou des paysans : milieu des usines ou chantiers et milieu campagnard me sont si étrangers que, même au prix d'une longue documentation, je ne pourrais parler d'eux de façon convaincante. Impossible également, si je veux qu'il travaille à quelque chose au lieu de trôner dans un empyrée quasi abstrait d'oisiveté, que le protagoniste soit un écrivain, un artiste ou, d'une manière ou d'une autre, ce qu'on entend communément (et bien arbitrairement) par « intellectuel » : le situer ainsi serait lui faire respirer un air trop proche de celui que je respire pour que je puisse espérer le voir de lui-même prendre son vol. Possible, assurément, de lui attribuer une occupation industrielle, commerciale, financière, une profession dite libérale, une charge administrative peu importe de quel niveau ou que sais-je encore? Mais, craignant un peu absurdement qu'aussi bien que des nom et prénom mal choisis une raison sociale de cette espèce le prive de toute dimension poétique, j'y répugnerais absolument. Lui assigner un statut de jeune homme pas encore en place (mais visant à quelle place?) reviendrait à déplacer le problème et, par ailleurs, m'attacher à quelqu'un qui dans la vie n'aurait qu'un strapontin (artisan ou travailleur s'employant de façon plus ou moins marginale) serait, vu la défiance que m'inspire toute invite à glisser vers un pittoresque à bon marché, aussi contre-indiqué que d'en faire – artifice non moins cousu de fil blanc – une sorte de migrateur patenté (diplomate toujours plus ou moins en camp volant et exposé, sait-on jamais, à la prise en otage, pilote d'avion ou steward, représentant itinérant d'une firme aux antennes internationales, reporter-photographe, professeur de bridge ou autre divertissement naviguant entre belles demeures et stations d'hiver ou d'été, etc.) ou bien, à l'inverse, un sédentaire qui entretiendrait avec la nature – en tant que propriétaire foncier, par exemple, horticulteur ou météorologiste à la voix éventuellement connue grâce aux ondes radiophoniques – des rapports si étroits que cette fixation à la terre ou à son enveloppe azurée, théâtre prodigieux, serait une porte ouverte aux lieux communs les plus traditionalistes. Un homme au passé bousculé de révolutionnaire mais qui, désabusé, gagne sa subsistance en exerçant un métier auquel il ne porte nul intérêt, après avoir vécu longtemps comme permanent rétribué de l'organisation militante dont il était un fervent, un tel homme maintenant sans vraies assises, et somme toute à égale distance du nomadisme et de l'enracinement, ne serait-il pas un bon pivot autour duquel faire graviter toute l'histoire? Impossible toutefois, si je choisissais un tel héros ou anti-héros (qui me serait assez familier pour que j'arrive à le mettre sur pied en même temps qu'assez dissemblable pour ne pas subir de trop près ma tutelle), de ne pas orienter mon roman vers la réflexion politique avec ce qu'aujourd'hui, l'horizon bouché plus que jamais, elle a de désespérant. Et, alors, pourquoi ne pas écrire tout bonnement un essai qui, au demeurant, aurait – sait-on? – quelques chances d'être plus utile qu'une fiction... Même problème pour cet élément capital à mon gré, puisqu'un roman où l'amour n'intervient pas – serait-ce à l'arrière-plan – ne me fournit pas, quelle que soit sa beauté et même s'il touche telle question qui m'apparaît cruciale, le mythe capable d'étancher ma soif aussi pleinement que je le voudrais : l'héroïne, qui pourrait bien n'avoir pas de profession tant avouable qu'inavouable mais à qui, du moins, il faudrait quelque activité de prédilection (sport tel que l'équitation cheveux au vent ou la nage en tous lieux qui s'y prêtent piscines exceptées, lecture, art d'agrément, mélomanie, culte des fleurs, des chiens, des chats ou de n'importe quoi) et que, de toute manière, il conviendrait de définir soit à partir de ses origines pas plus forcément françaises que celles de son partenaire, soit à partir de ses fréquentations sauf à en faire une isolée par goût si ce n'est en raison d'une condition malheureuse qui la retranche du monde avec, au cas où prévaudrait décidément un certain esprit misérabiliste, une progéniture qu'elle a peine à élever (à moins que ce soit plutôt son pendant masculin qui se trouve affligé par ce genre de soucis).

Certes, les difficultés préjudicielles que j'énumère ici – maladroitement, vu la faiblesse même de ma veine romancière, et du reste en simplifiant beaucoup, car pratiquement je ne me contenterais pas d'un couple entouré de comparses ou augmenté d'un tiers dont de près ou de loin le rôle relèverait de la comédie boulevardière – peuvent techniquement avoir été les obstacles que n'aura su franchir mon désir de composer un roman. Toutefois, je me demande si ce n'est pas mon égoïsme – mon incapacité sempiternelle de m'oublier – qui m'a toujours barré dans ce domaine : inventer des personnages assez vivants pour se détacher de moi, vivre de leur vie propre et substituer en quelque sorte leur présence à la mienne était sans doute au-dessus de mes forces. Pas plus que je n'ai eu d'enfants, je n'aurai écrit ce roman, discours (c'était là mon espoir) plus libre et plus alerte, plus proche de la vie telle qu'elle se déroule à l'extérieur et donc plus aéré, plus conforme à cette pure ivresse d'exister à quoi j'aimerais atteindre si pareille conversion m'était possible, discours d'une teneur moins crispée et, par cela seul, plus apte que ceux que depuis si longtemps je tire du vase clos de l'exacte considération de soi à me faire frôler ce but simple comme bonjour mais presque hors de ma portée. Ni figures humaines projetées sur le papier, ni enfants jetés dans l'épaisseur du monde... J'ai grand-peur que la cause la plus déterminante de cette double infertilité qu'on peut en grande partie expliquer en termes de refus raisonné – ne pas faire naître pour ne pas faire mourir, ne pas sacrifier la vérité, gage d'*authenticité* pour l'écriture, au faux-semblant de la fiction – ait été, quant à l'une et à l'autre de ces deux façons bien distinctes d'engendrer, ma tendance avare à rester rivé à ma personne sentie quasi viscéralement comme centre et mesure de tout.

◇

La première fois que ce don Juan sans rouerie la trompa (brèche initiale à ce qui bientôt ne fut plus que ruine annonçant d'autres ruines), c'est à cause d'un costume trop vite choisi et d'un style peu seyant pour lui : après cette bévue (qui n'avait pas échappé à l'œil de sa compagne, déjà critique à l'égard de la maison très parisienne où il se fournissait depuis peu) il lui fallait se rassurer en se prouvant que, bien ou mal accoutré, il n'était pas si mal que ça de sa personne. De plus – et c'était là le pire – il avait tout le premier peine à se reconnaître dans ce vêtement dont l'élégance appuyée ne cadrait pas avec sa retenue coutumière et, gêne de l'esprit autant que du corps, il lui semblait que cette altération, pourtant de pure surface et effective seulement quand il était ainsi attifé, l'affectait sournoisement dans sa nature intime, désormais faussée, déviée, viciée et point seulement déguisée... Certes, il n'aurait tenu qu'à lui – trop « bohème dorée » pour avoir peur du gaspillage – de renoncer à porter la pelure indésirable. Mais le hasard d'une rencontre l'aiguilla vers une solution plus radicale : loin d'essayer de se retrouver tel qu'il pensait avoir toujours été et de réparer, par une mise au rebut suivie d'un choix plus judicieux, l'erreur vexante et conçue, malgré sa futilité, comme guère moins pernicieuse qu'un péché qui l'eût atteint jusque dans son essence, ne pas en démordre et – poussant la transformation à son comble en une manière de fuite en avant – chercher dans l'amour d'une autre femme non seulement l'approbation qui lui manquait, mais le gage d'une identité nouvelle. En quelque sorte, faire totalement *peau neuve* – ce que, les années se succédant, il eut à maintes reprises les raisons les plus diverses de rechercher, lui qui (comme beaucoup d'autres, qu'ils soient pauvres ou riches) ne se sentait jamais tout à fait à l'aise dans sa peau.

Plutôt qu'un goût marqué pour le libertinage, c'est donc une faute dérisoire touchant à sa vêture (un complet trop voyant à veste trop pincée) qui fut le point de départ de la carrière de cet homme, dont les amateurs de commérages disaient qu'il changeait de femme comme on change de chemise.

◇

*– Appelle-moi ton Iroquois, ton Vandale, ton Hun, ton Wisigoth, ton Ostrogoth…*

*– Tais-toi, espèce de faux saunier!*

*– Fais comme tu veux… Tu seras toujours mon agence de voyages.*

◇

Est-ce du voyage qu'âgé de dix-sept ans Édouard Manet, pilotin à bord du cargo *Le Havre et Guadeloupe,* fit à Rio de Janeiro, la ville au carnaval légendaire, qu'il a rapporté – dans le coffre à multiples fonds de sa mémoire – la noire figure que, quatorze ans plus tard, il placerait, chargée d'un gros bouquet et sa tête au front découvert ceinte d'un madras, auprès de la couche de la blanche Olympia?

Bouffée d'exotisme chaudement pimenté, en un lieu certainement parisien dont la seule autre note exotique – l'allusion unique et ténue à un *ailleurs* possible alors que tout s'y présente sous le signe de l'ici et du maintenant – est la nudité féminine qu'en l'absence même de tout sentiment qu'exprimerait son visage ou son corps on sait née pour le lâchez-tout de l'étreinte...

◇

A elle qui gagnait sa vie en tapant à la machine toute la journée, sa joie était de se changer, la nuit, en clavier que son amant manipulait.

◇

Du jour où – scandale vite étouffé – cet homme mûr eut détourné, mais de nulle façon violenté, cette mini-mineure, il ne put sortir de chez lui et circuler dans le quartier dont il était l'un des notables sans devenir l'objet de baissers d'yeux sournois ou de regards réprobateurs. Toutefois, il en conçut plus de fierté que de honte, pensant qu'il avait eu assez d'indépendance d'esprit pour violer, sinon la fillette à ruban rose dans les cheveux (qu'il ne voulait, en bon génie, que combler de douceur), du moins le tabou protecteur des enfants contre les initiateurs pressés qui les ouvrent, tout jeunes, à des pratiques normales sitôt atteint l'âge adulte.

C'est pourquoi, même devant la persistance de la mise au pilori, cet hercule à large barbe débonnaire, et aussi haut qu'une cathédrale dont sa canne eût été le seul arc-boutant, ne souhaita jamais parvenir à se faire aussi transparent qu'un sylphe ou de taille aussi discrète qu'un lilliputien. Quelle raison, d'ailleurs, de se reprocher d'avoir voulu retrouver un paradis par l'entremise d'un être qui lui renvoyait, au présent, un reflet de sa propre enfance désormais noyée dans la barbe d'ancêtre dont l'avaient pourvu les années auxquelles il jugeait vain de feindre d'échapper ?

◇

Dur comme le porphyre et courbe comme une urne, le mot « porno », trop beau pour ce qu'il dit : alors qu'en sa roide et ronde plénitude cet abréviatif suggère les formes les plus hautes de l'érotisme, on l'emploie familièrement pour en désigner les aspects les plus triviaux et les plus commerciaux.

Divergence de la forme et du fond, comme il en est déjà beaucoup dans le dictionnaire, qu'on est souvent tenté de croire fait pour des dialogues de sourds et dont l'arbitraire est d'autant plus apparent que l'usage reconnu semble aisément avoir choisi, entre plusieurs sens possibles, celui auquel on se serait le moins attendu. Le dévot des vocables, toutefois, n'a pas à s'insurger, car il est courant que vienne à s'établir, à travers les fautes que tout un chacun commet en se laissant porter par la musique, la corrélation que le code refusait et que soient ramenés dans le droit chemin les mots que ce mauvais berger avait lui-même égarés.

Éclairés sans le savoir par d'invisibles langues de feu, quels parleurs réhabiliteront le mot « porno », qui sonne pur et nu comme le mot « vulve », le mot « cul » et le mot « burnes », vraie souillure celui-là pour la bouche des honnêtes gens ?

◇

Ennemi des pratiques discriminatoires et ne voulant pas qu'il y eût parmi les mots des parents pauvres, cet écrivain doué d'une haute conscience professionnelle s'était mis en devoir de tous les utiliser (nobles non moins que plébéiens, parias non moins que d'usage permis) et, pour éclaircir la forêt, il cochait sur un dictionnaire chacun de ceux dont il venait de se servir.

◇

La peur promue « angoisse »,
la sécheresse « rigueur »,
la lâcheté « faiblesse »,
l'absence d'élan « sérénité »,
la paresse « nonchalance »,
la vanité « orgueil »,
le larmoiement « mélancolie »,
l'excitation « ardeur »,
l'indifférence « lucidité ».

Économiquement faible,
employé de maison,
mère célibataire,
troisième âge.

◇

Citoyens,
camarades,
compagnons,
frères,
alerte!

A l'Ouest comme à l'Est, on vous lave le cerveau à grands seaux de mass media. Propagande éhontée ou sournoise, publicité clou dans la tête, catéchisme, par lequel de ces ogres vaut-il le mieux être mangé?

Par voie de presse, de radio et de télévision, en vous abreuvant de nouvelles qui – même non truquées – passent au rang d'*informations* et, réalités aplaties, ne sont que verbiage ou imagerie, on vous endort, on vous châtre! Gutenberg, s'il est vrai que tu inventas ce premier moyen de large diffusion, l'imprimerie, n'eût-il pas fallu t'envoyer au bûcher?

Ici, côté tout le monde : on avale sans haut-le-cœur la bouillie quotidiennement offerte, toute grasse d'événements sportifs et d'affaires criminelles, et qu'assaisonnent des divertissements par trop souvent benêts. Côté intelligentsia : en se bardant de grands systèmes les uns jargonnent, tandis que d'autres, sous couleur d'aller vers plus de lumière et d'éviter, sages qui ne s'en laissent pas conter, les incertitudes du discours et ses abus de confiance, débitent tant de mots à propos des mots qu'avec eux le langage ne parle plus que pour lui et se perd dans un labyrinthe. Si les choses continuent de ce train, je me demande s'il existera, dans quelques années, un havre mental soustrait aux ravages de ces deux pestes : la dégradation de la parole mise au service d'une cuisine au rabais et – mal moins délétère parce que, plus subtil, il est plus rare – son exténuation par excès de fourbissage ou à force de tourner en rond. Audiovisuel maître d'école, bande dessinée plus à la coule, vous êtes également de la partie, puisque chacun à votre manière vous nuisez au vivant exercice de la pensée en engageant l'esprit à ne plus marcher que comme un enfant en lisières.

Que l'anesthésie soit un progrès certain (le seul, car il importe peu que l'on dure plus longtemps, la vie n'en passant pas moins vite, et que l'on jouisse de plus de commodités, cela ne faisant qu'accroître les appétits, peu aussi que nous ayons une vue plus positive de notre condition, si le culte inhumain du génie Progrès remplace celui des dieux morts) est-ce une raison de faire flèche de tout bois – du plus gros au plus fin – pour nous décerveler sans que, conscients, nous nous cabrions?

Citoyens,
camarades,
compagnons,
frères,
alerte!

Mais si, assez éloquent, mon discours trouve – dans cette pagaïe – son chemin jusqu'à vos oreilles, défiez-vous de moi aussi, bavard qui mets en garde et ne propose rien. Pas même, à défaut d'un plan d'action, une intime stratégie de l'imaginaire, terrain propice à une inextinguible guérilla...

◇

*Ma très chère,*

*Tu n'es pas là et — grande ou petite, robuste ou gracile, ténébreuse ou ensoleillée — jamais plus, pour moi, tu n'y seras. Absente à cause de ma propre absence et, ni morte ni vive, reflet indescriptible de cette absence. Car, déjà, je n'existe plus qu'ailleurs... Mais où donc? Dans le désir et le regret qui m'oppressent comme un mal auquel, étranger à soi, l'on est livré pieds et poings liés? Dans l'attente anxieuse de la minute improbable où, me retrouvant, je me saurais armé pour te trouver autrement qu'en idée, diablesse sans nom, sans traits, sans chair, mais d'un incomparable attrait? Ou dans les mots que, morfondu, j'aligne pour tenter de combler le vide qui peu à peu m'a mangé, depuis que plus aucun corps ne peut parler avec le mien en une langue rien que tactile?*

*Sans poids ni figure, sois donc ma muse, ma très chère, et non plus mon démon, si c'est à travers ce qui manque qu'appelée par notre soif une muse peut se faufiler!*

P.S. — *« Très chère » qui, Ève plurielle, n'es peut-être pas seulement l'image dont parfois mes sens énervés voudraient faire leur complice, mais es — côte d'Adam — la chose enfouie si loin que c'est à peine si je parviens à la discerner, la chose que je porte en moi et qu'il faudrait faire passer du dedans au dehors, du diffus au compact, pour échapper à la géhenne. Tâche ardue, si nul délire à l'indicatif présent ne peut me fondre avec un être du dehors (cette peau vulnérable que je sens, est-ce la mienne, est-ce la sienne?) et – me transférant âme et corps dans sa présence succulente – m'arracher au magma de passé, de futur et de conditionnel qui m'écœure, tiède mixture de nostalgie, d'espoir trop hypothétique et de crainte.*

◇

Toison d'or,
l'Otarie,
la Loutre,
l'Abeille,
la Libellule,
la Couleuvre,
la Palombe,
la Lamproie,
Betty Froment,
Solive,
la Glaneuse,
la Routière,
la Coquine,
la Sibylle,
la Diligente,
la Sage,
la Folle,
la Rêveuse,
la Bêcheuse,
Viviane,
Morgane,
Radegonde,
Clotilde,
Margot,

Glycine,
l'Anon,
la Vanupière.

◇

Olympia non déesse, mais fille de son temps, annoncée telle autant par le bouquet encore entouré de papier que lui apporte l'aimable négresse à robe claire qu'escorte un beau chat noir, que par les parures – mince ruban noir au cou, gros nœud rose aux cheveux, boucles d'oreille, bracelet et mules – qui la soustraient à ce qu'une affiche moderne de music-hall pourrait appeler « nu intégral » et ne la font que plus aguichante.

Côté luxure : fille vénale à n'en pas douter, et plus *réelle* de ce fait (si l'on se fie à la terminologie qui voulait, à l'époque des Fréhel et des Damia, que l'on qualifiât de « réaliste » la chanteuse dont la voix était supposée celle d'une fleur de trottoir).

Côté luxe : bibelot sans âme autre que son charme, fille-poupée aussi blanche et aussi froide que l'indique son nom, évoquant moins l'Olympe et les aventures de ses dieux que la créature dont le héros du récit hoffmannien *l'Homme au sable* s'éprend jusqu'à la folie et qui – pour vivace et attrayante qu'elle lui apparaisse à lui qui voit en elle tout autre chose qu'un pur effet de l'art – s'avère n'être qu'un automate doté d'un haut pouvoir d'illusion par le physicien qui l'a fragilement animé.

◇

*– Si je suis ton coq à l'ergot acéré, tu seras, toi, ma roucouleuse…*

Chaussures déjà rejetées sur le tapis, et débarrassée de ses bas du même blond que sa peau, elle ôta d'un geste brusque sa robe et il crut voir le rideau se lever sur cette splendeur, qui un instant l'aveugla : ce corps prêt à le faire entrer tout vif dans une féerie plus merveilleuse que n'importe lequel des spectacles qu'enfant il avait pu voir ou entendre raconter. A condition pourtant que son corps à lui, plus humble que l'autre, même quand il serait pareillement nu, sache user avec toute la vigueur et la sagacité voulues de la baguette magique dont, pour un temps, sa rage sensuelle l'avait armé.

*… Et le reste de ce que tu auras à me dire, c'est ton souffle qui me le dira!*

◇

Au spectacle de son membre aussi long, raide et droit qu'un piquet, elle salua de son bras horizontalement étiré s'épanouissant au bout en main ouverte, sorte de salut olympique rappelant celui de la jeune trapéziste blonde dont le dos en éventail s'évasait depuis les hanches pas trop marquées jusqu'aux épaules plus larges bien qu'aussi élégamment dessinées et qui un soir de l'été dernier, juchée à peu près nue sur l'étroite plate-forme où maintenant elle se tenait au repos, s'agrippait de la main gauche à un agrès pour rendre hommage – en tendant vers lui son bras droit déployé comme pour un serment ou un envol imminent et en montrant son fin profil tourné dans la même direction – à tel de ses collègues qui venait de réussir, dans les hauteurs du chapiteau et sous la dure lumière des projecteurs, un merveilleux tour de force : saut de la mort ou quelque chose de ce genre.

◇

Qu'Édouard Manet y ait songé ou non, son *Olympia* est agencée de manière telle que plusieurs tiges du somptueux bouquet de l'amour charnel se trouvent rassemblées dans la pièce exiguë qui constitue le décor :

la cible du désir (Olympia que font plus nue son ruban et autres menus accessoires);

l'appel à des ardeurs étrangères au monde journalier (la camériste à chaude couleur de peau et vêture d'un autre climat);

l'obscurité d'un mystère qui se laisse toucher mais que nulle caresse ne réduira (le chat noir).

◇

Au naïf qu'elle avait subjugué la garce n'épargnait rien : quand elle jouissait, elle lui laissait entendre que ce n'était pas lui qui l'émouvait, mais son sexe digne par chance de la cavale fougueuse qu'elle était.

◇

Parfois mon substitut des heures solitaires de délectation morose où l'angoisse trouve une issue provisoire en devenant désir, ce double sans âge à la fois moi et pas tout à fait moi qui me supplante dans mes rêves se plaît – fringale de totalité close comme une île – à concevoir ainsi la scène finale : après s'être fait androgyne en offrant son torse nu aux caresses de ses propres paumes, manipuler en un languide va-et-vient de son poing gauche sa verge ceinturée par celui-ci et, du droit, serrer la crosse d'un revolver dont il poserait le canon sur sa tempe et ferait jouer la détente au moment voulu pour que la dure éjection de la balle coïncide avec celle, liquide, de la semence.

◇

Visible à peine et guère plus que les boucles d'oreille qu'elles aussi l'on présume coûteuses, le délicat joyau fixé par le ruban noir au cou d'Olympia au repos. Qu'il se voie ou ne se voie pas importe peu : l'écrin de cette chambre – que le lit de son habitante semble occuper presque entière – ne renferme pas d'autre trésor que celle-là même dont le précieux pendentif enrichirait peut-être la chair si ne la glorifiaient déjà des faire-valoir plus modestes mais qui sautent aux yeux, dans l'œuvre telle qu'elle fut, sinon imaginée, du moins manuellement réalisée.

◇

Sans doute est-ce parce que je n'étais pas chez moi mais à Venise quand cela prit naissance dans mon esprit d'homme endormi que, situant cette courte scène hors de Paris quoique probablement pas très loin, et lui donnant pour principal acteur un ami italien par le nom sinon par la nationalité, j'imaginai qu'Alberto Giacometti et moi nous étions en voyage ensemble ou que nous nous rencontrions lors d'un départ en train ou d'un changement de train. Et c'est peut-être l'ambiance dans laquelle je passais mes journées – me trouvant pour ces vacances de 1963 dans la ville classique des carnavals à masques et dominos, ville dès longtemps touristique où l'on peut maintenant croiser des étrangers habillés Dieu sait comme et parfois n'hésitant pas, les femmes en tout cas, à se parer de couvre-chefs singeant ceux des gondoliers – qui voulut que Giacometti (que je n'ai jamais vu que sauvagement casqué de cheveux moutonnants, auréolant un visage dont la teinte pierreuse semblait répondre à son métier de sculpteur) portât un chapeau melon fort élégant à bords très minces, presque autant que ceux d'un feutre mou, alors que j'arborais moi-même un chapeau Cronstadt, comme il en existait il y a près d'un siècle mais gris et non pas noir, ou une espèce de haut-de-forme surbaissé, non pas brillant mais d'un gris mat.

Sans doute aussi est-ce parce que Venise – ville propice aux rencontres, aux intrigues et aux longues stations bavardes aux terrasses de café – était présente en coulisse, que Giacometti me racontait qu'il était très amoureux d'une femme et qu'à ce sujet il en voulait beaucoup à Édouard Pignon (ce peintre notre contemporain qui, par son physique robuste et par sa tête crêtée d'un cuivre aujourd'hui pâlissant, m'a toujours fait penser à un coq de combat comme il y en a dans le Nord de la France, dont il est originaire). Grossièrement, estimait celui qu'avait blessé ce propos, Pignon lui avait dit de cette femme qu'il connaissait vraisemblablement assez pour porter sur elle ce jugement péremptoire : « C'est un solde, la Mouche Verte. »

Un solde : autrement dit, quelque chose comme un laissé-pour-compte. Mais pourquoi la Mouche Verte? Et quels étaient les dessous de ce sobriquet singulier, à la tournure un peu canaille? Je me le demandais chaque fois que cette histoire me revenait... Jusqu'au jour où – je ne sais comment – j'appris que la cantharide, d'où l'on tire la poudre aux propriétés bien connues, est une mouche verte. J'aimerais pouvoir me reporter à ma source, un doute m'étant venu quand j'ai constaté (voulant une confirmation) que mon dictionnaire s'abstient de toute indication concernant l'apparence de cet insecte et se borne à signaler qu'on l'appelle communément « mouche d'Espagne ».

Si je consultais un livre d'entomologie, la question serait vite résolue. Assez paresseux, toutefois, ou assez raisonnable pour répugner à chercher dans un ouvrage savant une réponse à cette question futile, je me repose sur l'idée que rien de ce que m'a dit mon dictionnaire ne s'oppose à ce que la cantharide ou mouche d'Espagne soit effectivement une mouche verte, de sorte que mon doute n'a pas de raison d'être. Je ne crois pas, d'ailleurs, que ce soit là le vrai problème, l'étrange étant que la chose se soit passée comme si – grâce à quelle intuition obscure ou à quelle soudaine remontée d'une information oubliée? – je n'avais pas eu besoin de connaître le sens exact de l'expression la « Mouche Verte » pour la placer opportunément dans une médisance imaginaire. Combien puissant, dirai-je donc en jetant par-dessus bord mes scrupules, devait être l'attrait érotique de cette personne aimée de Giacometti et que Pignon qualifiait de traînée, non sans lui accorder – à travers le surnom dont, par défi, elle s'était fait peut-être un nom de guerre semblable à un déguisement de couleur provocante – les vertus qui permettaient d'assimiler à un aphrodisiaque cette fille au lourd passé, qu'on pouvait croire aussi nocive que la pestilentielle mouche charbonneuse qu'enfant je confondais avec la vulgaire grosse mouche bleue à reflets métalliques !

Depuis lors, Alberto Giacometti n'est plus. Quant à Édouard Pignon, je relève – en me plaisant à voir là une morsure du songe sur la réalité – qu'il a peint il n'y a pas longtemps une série de *Nus rouges* comme si, par un jeu de complémentaires, il avait voulu faire contrepoids à la Mouche Verte apparue dans un rêve qui n'avait pas été le sien et dont il ne savait rien.

Mais quand cette Mouche finira-t-elle de me tracasser ? A l'instant, je me rappelle que dans un texte ancien Giacometti établissait un lien entre une blennorragie qu'il avait eue et une araignée jaune dont il avait rêvé. De l'araignée jaune vénérienne à la mouche verte vénusienne – ou vénitienne ? – la distance n'est pas grande et il est donc certain que je pouvais, sans avoir à me casser la tête, passer de l'une à l'autre dans mon sommeil.

◇

En avance sur l'heure d'un vernissage où je compte faire un tour, connaissant l'artiste de longue date et le trouvant sympathique, bien que, lié surtout avec d'autres de sa bande, je ne l'aie vu même autrefois que par raccroc et sache fort peu de lui – le voyage que, jeune et maigrement argenté, il fit à Tahiti (chose apprise récemment, de l'ami commun qui m'emmena voir les dessins que ce paradis déchu lui avait inspirés), ce à quoi s'ajoute, détail qui me fut alors rappelé, la jolie voix que possédait ce libertaire bon gars qui a usé à la petite semaine de ses divers talents et dont j'apprécie, n'ayant pas toujours vécu en sédentaire, que l'envie de changer d'air l'ait fait mordre au mirage des îles –, je me suis installé, pour tuer le temps et fuir une désagréable pluie d'automne, au café-restaurant de la Frégate, proche de la maison qui m'édite et situé sur les quais, dans le très bourgeois VII$^{e}$ arrondissement. Naguère, quand cet établissement n'était encore qu'un café, j'y allais quelquefois pour des rendez-vous avec tel ou tel qu'animaient des préoccupations de même famille que les miennes. Mais, les années distendant les camaraderies et (coupure plus radicale) éliminant les compagnons à une cadence si brutale qu'elle en donne la nausée, je ne prends plus beaucoup de pareils rendez-vous, de sorte qu'il y a belle lurette que je n'ai eu recours à cet endroit, dont l'atmosphère pourrait être dite provinciale si les cafés de province n'étaient souvent aussi bruyants, pour le moins, que leurs homologues de Paris.

Hormis son nom, qu'explique peut-être la proximité de la Seine, je ne découvre qu'une jointure par où la fantaisie peut laisser l'idée de navigation s'infiltrer dans cette tranquille Frégate : la trappe qui parfois, sans que quiconque ait visiblement agi sur sa commande invisible elle aussi, s'ouvre lentement dans le plancher de la salle du café et par laquelle montent en silence de lourdes charges de bouteilles provenant de la cave, en un manège si mystérieux et si sournois qu'on affabulerait à peine en supposant cette cave emplie, telle une cale flibustière, de tonneaux de tafia et de barils de poudre, entre autres approvisionnements.

Assis à une petite table de ce local quasi désert, dans un fauteuil qu'en y repensant j'imagine sans grand mal ornant un salon de bateau et dont le siège est garni de cuir comme le dessus de son dossier arrondi, je bois une Guinness. Juché sur le dossier du fauteuil voisin, perchoir à sa mesure et certainement confortable, un gros chat fait un somme, si j'en juge par ses yeux fermés. Un chat gras comme un chat de cambusier, affirmerai-je en pinçant de nouveau la corde roman d'aventures maritimes. Soit qu'il se sente las de sa position, soit qu'ayant cessé de dormir il m'ait d'instinct reconnu autre mammifère qui lui serait une compagnie, le voilà qui, sortant de sa torpeur, bondit sur mes genoux, puis enfonce peu à peu sa tête sous le revers gauche de mon veston et s'enfourne à tel point dans le tunnel ainsi creusé que je crains, vu le volume de l'animal, qu'il fasse sauter le bouton qui tient ma veste fermée. Dérisoire mais agaçant accident, auquel je pare en libérant de sa boutonnière le disque de galalithe ou autre matière dure, pour éviter au toron qui le fixe le tiraillement prolongé qu'il subit.

Recherche d'un contact ou désir d'être bien au chaud, le chat blotti sur mes genoux persiste à fourrer sa tête tout contre moi et à s'enfouir sous mon veston, tel un bébé tétant sous le voile pudique grâce auquel sa nourrice masque l'opération. Buvant à petits coups la bière caraméleuse et d'un brun opaque qu'on m'a servie plus froide que le goût ne le veut dans les pays d'outre-Manche, je caresse l'indiscret et lui gratte la tête, heureux de la confiance qu'il me fait presque autant que d'une bonne fortune.

D'humeur moins grise qu'au départ, et reprenant malgré le temps peu encourageant ma course de piéton que rien ne presse, je suis allé au vernissage, de l'autre côté de l'eau. Mais, arrivé plus tôt qu'il ne sied pour une réunion de ce genre et n'étant pas resté plus que ne l'exigeait une visite attentive, j'ai parcouru les quelques pièces exiguës où les œuvres étaient accrochées sans y trouver âme qui vive, si j'excepte deux ou trois inconnus, figures pour moi sans passé ni épaisseur.

◇

« Excentrique » et plus encore « périphérique » seraient de mauvaises épithètes pour qualifier ce quartier de Paris, assez éloigné du centre et peu facile d'accès, mais qu'on pourrait seulement dire « perdu », car d'autres quartiers – plus fréquentés que lui, qui n'a rien de commerçant non plus que de résidentiel et est très peu bâti – le séparent des barrières. Je sais que pour y aller il faut prendre un tramway et que ce tramway fera un long parcours vers la fin duquel, assez haut (et je parle ici d'une butte aux pentes plus étendues et plus accentuées que celles de la Butte où Moulin de la Galette et Sacré-Cœur voisinent), je reconnaîtrai, à la disposition et à l'aspect de ses maisons, un lieu proche de celui qui est ma destination et que je devrai gagner à pied. Bon bout de chemin à faire encore, de même que pour se rendre de chez moi à l'endroit d'où part le tramway il y a une certaine distance à franchir, en métro ou par un autre moyen de transport. Subsiste dans ma mémoire une station de métro, probablement montmartroise ou des abords de Montmartre, sise à côté d'un escalier qu'elle égaie de son allure de boutique ou d'échoppe toute rutilante, pleine à craquer de choses dont la masse multicolore rappelle celle des imprimés et articles divers en vente chez les marchands que maintes stations hébergent dans leurs couloirs mais, s'étalant en plein air, fait songer plus nettement aux grappes de friandises et de jouets que les petits débitants des jardins publics exposent dans leurs pavillons.

Impossible de me rappeler le nom de cette station quand, dans la nuit (quatre heures du matin, l'hiver) mais à demi réveillé, je récapitule ce rêve et tâche surtout de résoudre cette question : le quartier où, en décrivant vers le nord d'abord et vers l'est ensuite une ample courbe montante puis descendante qui doit s'achever pas très loin d'entrepôts genre Ivry ou Bercy, le quartier à proximité duquel me dépose le tramway (ou un deuxième tramway, car à peu près à mi-route il est peut-être nécessaire d'en changer), ce quartier sans attrait situé probablement au-delà – ou en deçà? – d'une zone qui, sur une carte ancienne, apparaîtrait presque aussi vide qu'une *terra incognita,* est-il un vrai quartier de Paris ou est-il, comme l'espèce d'immense terrain vague qu'est la zone quasi désertique traversée – ou contournée? – par la ligne de tramway, un quartier imaginaire dont je viens de rêver mais que, peut-être, je n'ai pas inventé puisque, peut-être, il s'était déjà manifesté dans d'autres rêves et que, peut-être, ce rêve-ci – ou plutôt cette rumination à propos d'un trajet que j'ai déjà eu l'occasion d'accomplir mais que cette fois, cherchant à le reconstituer, je n'accomplis qu'en pensée – me permettait de le retrouver, en me réintroduisant dans le monde parallèle auquel il appartenait? Quartier doué, par conséquent, d'une sorte d'existence et qui simplement aurait relevé d'une topographie autre que celle de ma vie positivement vivante.

Assez longtemps je crois, ma réflexion porta sur ce problème dont le point le plus difficile à éclaircir restait la station de métro, moins évidemment aberrante que ne l'était le tramway, ce mode de locomotion n'ayant plus cours à Paris depuis bien des années (détail que je reconnus au matin, et dont je déduisis que le quartier parisien perdu où un tramway menait n'était pas un quartier réel). L'illusion dissipée, je me demandai un moment si je ne devrais pas rechercher effectivement quelle était cette station de métro, car il se peut fort bien que dans Paris il y en ait une de ce genre. Toutefois, la nonchalance et le respect humain l'emportèrent : tenant pour fastidieux et ridicule de regarder sur un plan – pointant toutes les stations qui par leur localisation, rive droite et proximité de Montmartre, pourraient être celle de mon rêve, « Notre-Dame-de-Lorette », « Saint-Georges », « Château-Rouge » par exemple – puis d'opérer les déplacements sûrement nombreux visant à une vérification sérieuse, je renonçai à cette démarche, de plus en plus persuadé d'ailleurs que la station de métro – plaisante comme un arbre de Noël planté avec ses lumières et ses joujoux, en pleine ville affairée, à mi-côte d'un escalier animé par de multiples allées et venues – ne pouvait être qu'une fantaisie montée droit de mon sommeil.

◇

*Roi sans arroi,*
*reine sans arène,*
*tour trouée,*
*fou à lier,*
*cavalier seul.*

◇

Yeux fermés, je vois – dans la demi-somnolence où je suis plongé par la chaleur de l'eau dont ma baignoire est aux trois quarts pleine et par le gros rhume qui me harcèle depuis deux jours – un personnage ancien, probablement du temps des guerres de religion. Jarrets pliés et genoux écartés, cet homme bien découplé, à chevelure assez abondante, petite barbe et forte moustache tombante aussi noires toutes trois que la casaque serrée à la taille et les chausses dont il est vêtu, traîne le long de la bordure herbeuse d'une route ou d'un chemin terreux un immense collier d'or, tel un pêcheur traînant sur le sable d'une plage un filet remonté de la mer. Ni bruit de rapières entrechoquées, ni tocsin de Saint-Germain-l'Auxerrois. Simplement la vue, comme en instantané, de cette scène figée en un tableau dont l'élément le plus attrayant est la façon dont le collier – mince mais démesurément trop long pour qu'une créature humaine puisse en porter un pareil à son cou – superpose au vert pâle un peu blondi des herbes plutôt hautes de l'arrière-plan sa double suite de mailles finement ouvragées, en vérité chaîne unique se bouclant sur elle-même.

*Aurea catena*... Ainsi commence (seuls mots qui m'en restent) le titre d'un ouvrage d'occultisme que j'ai trouvé mentionné quelque part – alors que j'étais séduit par l'imagerie somptueuse à laquelle ce genre de philosophie donne lieu – et qui date, je crois, du XVIIe ou du XVIIIe siècle. Décalé, donc, par rapport au siècle plus éloigné (le XVIe, âge fictif des buffets Henri II) auquel, par sa mise à tout le moins, semblait se rattacher l'homme à mine de spadassin ou de chasseur maudit qui ne faisait rien d'autre que de transporter le fardeau, plus encombrant peut-être que pesant, constitué par une nombreuse et précieuse série de chaînons formant ce que je savais être un collier, mais n'offrant à mon regard intérieur aucun fermoir visible.

Notable, ce décalage ne m'interdirait pourtant pas de soupçonner l'existence d'une filiation entre l'*Aurea catena* et ma « chaîne d'or », nominalement si proches !

◇

Au petit matin, entre sommeil et éveil, il est rare que je ne sois aux prises avec un malaise à demi rêvé. Selon ce que la nature insondable de ce malaise proprement poignant me paraît dénoncer, vieillir, bientôt mourir, tel est – substance du souci dont, éveillé, je serai la proie consciente – le soubassement probable de ces molles et déplaisantes cogitations, toujours d'une bizarre subtilité et si évanescentes que je ne puis même pas m'en remémorer une pour la citer en exemple. D'ordinaire – et je n'en sais rien de plus – elles ont trait à deux choses du même ordre mais qu'il convient de distinguer ou bien qui, représentant les deux termes d'un dilemme, appellent à une pesée du *pour* et du *contre,* paradoxe là où certes semble être mis en cause ce dont la perspective (en l'absence même de tout signe annonciateur d'un proche désastre) ne cesse de me tourmenter, mais est une fatalité trop inéluctable pour fournir la matière d'un distinguo ou d'un dilemme. Substitution, peut-être, d'une incertitude à mon inquiétude constante, comme si la perplexité, sans m'arracher à l'angoisse, me permettait de la vivre de façon atténuée et jouait ainsi le rôle d'une diversion relative. Angoisse profondément à moi, mais que je ne saurais regarder comme seulement mienne, motivée qu'elle est par cela même qui, terreau de toute religion et racine du tyrannique besoin de s'occuper d'une manière ou d'une autre, assombrit l'horizon des phrases par lesquelles l'écrivain lucide en élude l'idée, même lorsqu'il en parle expressément et même si déjà, rien qu'en se transplantant dans la zone immatérielle des mots, il s'entraîne à quitter la vie.

Deux de ces dilemmes matinaux qu'en me forçant beaucoup je parviens à retrouver (ou croire retrouver) sans doute parce que les plus simples et donc les moins difficiles à reconstituer :

pour (censément) un passage litigieux d'un texte auquel je travaillais la veille, laquelle employer de deux phrases qui diraient la même chose ou presque, mais dont l'une – et là je tergiverse sans arriver à fixer mon choix – serait, sinon plus adéquate du moins d'une plus belle venue que l'autre?

de deux lieux possibles de villégiature, dont l'un est une maison campagnarde solide et sans ornements, l'autre – plus sophistiqué bien que campagnard lui aussi – un hôtel-restaurant avec une terrasse genre guinguette où des lumières électriques pointent (car c'est le soir) à travers du feuillage, lequel choisir si je devais aller hors Paris me reposer quelques jours?

Inanité particulière de ce dernier dilemme qui – question frivole, et d'ailleurs de pur principe puisqu'il s'agit d'un jugement et non d'une option que suivraient des effets – m'apparaît, avec sa maison réduite ou peu s'en faut à l'idée de « maison » et le chromo vulgaire qui lui fait contrepoids, comme une illustration vivante de l'inanité des choses.

◇

Arrivée, je crois, en autocar. Relais de diligence, non, mais peut-être y a-t-il là une auberge ou ce qu'on appelle familièrement un « bouchon »? Nous nous trouvons en tout cas devant un bosquet si vert et si riche en larges feuilles serrées que toute vue à distance est obstruée.

La promenade forestière consiste en une marche assez longue, montante, mais sur faible pente. Le sentier est coupé par plusieurs bras d'eau, qu'il faut passer à gué. Ainsi que je l'ai déjà fait pour l'un d'eux, j'entreprends de traverser le dernier à la nage, esquissant quelques brasses d'autant plus maladroites que je suis empêtré dans mes épais vêtements campagnards et dans mon imperméable à grosse doublure amovible. Un gamin du pays me dit qu'on a pied en cet endroit et que, debout, j'aurai de l'eau jusqu'à mi-cuisse. Mais, quand j'essaye, je m'aperçois que j'en ai quasiment à hauteur de poitrine et que ma nouvelle position elle-même n'est pas tellement commode pour résister au courant.

Quelque temps auparavant, vers la moitié de la route, rencontre d'un chien à demi mort, genre de berger allemand que nous remarquons seulement quand nous l'avons dépassé d'une vingtaine de mètres et dont le poil, d'une jolie couleur unie, est d'un beige un peu fauve. Perdu, sans doute à cause de l'inondation qui a gonflé les ruisseaux, et probablement affamé, il est couché ventre au sol et, sans chercher à se remettre sur ses pattes, semble vouloir s'enfoncer dans le fourré vers lequel son museau est tourné. Nous avons pitié de la pauvre bête, mais que faire pour elle? De ma part, une nuance d'inquiétude : quand, redescendant, nous la reverrons (chose probable, tant elle est mal en point) ne sera-t-elle pas devenue enragée?

Finalement, j'aperçois – marqué par une sorte de mât (élément d'un dispositif météorologique ou radio-télégraphique, sinon simple signal) – le sommet peu élevé, très doucement bombé en large calotte de terre dénudée, qui, hors forêt, doit être le but de l'excursion ou du moins pourrait en être le terme logique : ce point culminant une fois atteint, nulle raison d'aller plus loin. Aussi ai-je plaisir à penser que, bientôt, nous n'aurons plus à nous fatiguer, mais seulement à rebrousser chemin.

Dès lors, je considère l'aventure comme terminée... Or voilà, justement, que des coups discrets sont frappés à la porte. C'est le thé du matin, apporté comme chaque jour à huit heures par la femme de notre sympathique factotum marocain, ce qui annonce que le moment est venu d'aller satisfaire l'envie dont la vague conscience avait troublé mon sommeil proche du bout de sa course et posé, en sous-main, ce problème que – par expérience – je sais capable d'emprunter les plus hypocrites déguisements : irai-je tout de suite pisser ou attendrai-je?

Sur-le-champ, grande est ma satisfaction de constater entre fin de promenade et réveil une parfaite concordance. Que la vie recommence à l'instant où au lieu de s'interrompre absurdement un rêve trouve son honnête conclusion, cela me paraît une réussite analogue à l'espèce de miracle que représenterait une mort qui, venant à point nommé, serait presque acceptable, parce que non intempestive.

◇

Entre l'objet jaune d'or (luisant comme un lingot légèrement safrané) et l'objet gris acier (rugueux et sans éclat) le choix serait facile. Mais il se trouve que je n'ai pas à choisir : le jaune d'or, en sa tenue de gala, n'est pas destiné à tout le monde et il est fort possible que, des deux objets si inégaux de matière mais analogues de forme (quoique les arêtes du second soient plus accusées que celles, arrondies, du premier), le gris acier soit celui auquel j'ai droit et qui – j'ignore selon quel critère et même à propos de quoi – me classerait dans la catégorie des non-élus. Certes, l'objet jaune d'or me paraît beaucoup plus attirant que l'autre, mais j'envisage sans amertume d'avoir éventuellement à me contenter du gris acier. Pas plus de litige, donc, qu'il n'y avait de choix et je ne pourrais, sans mensonge, dramatiser si peu que ce soit l'opposition des deux objets et, aussi bien, l'incertitude où je suis plongé du fait de ne pas savoir lequel est le mien de ces deux termes d'une paire, équivalents en un certain sens mais d'aspects et de valeurs dissemblables.

◇

Mécanique bien huilée par la pluie et mettant chaque chose à son exacte place sans à-coups ni crissements, la belle lumière d'après l'orage. Quelle joie hors mesure (quoique la cause en soit modeste) donne, immuable mais de coloration si chaude que l'on croirait à l'imminence d'une explosion, la vue de tout ce qu'elle découpe en dentelures luisantes !

◇

Trois arbres que je connais bien et que, percevant alors plus nettement leurs traits, je connais mieux l'hiver qu'à la belle saison. Trois arbres avec qui, unilatéralement, j'ai de fréquents rendez-vous, puisqu'ils sont l'un des principaux jalons de la plus habituelle des promenades qu'en mes fins de semaine je fais par terres arables et boqueteaux plutôt que par monts et par vaux. Trois arbres que je pourrais donc tenir pour des amis mais dont, trop ignorant de la botanique, je ne sais pas même le nom et serais, au reste, incapable de dire s'ils sont exactement de même espèce. (Leur nom : il va de soi qu'il ne saurait être question d'autre chose que de leur nom de famille, les animaux capables ou supposés capables de répondre à l'appel de leur nom étant les seuls êtres vivants à recevoir de nous ce rudiment d'état civil.)

Même si le vent les agite et les fait bruire légèrement, je sais bien que ces arbres ne me parlent pas et qu'ils ne m'adressent aucun signe. Mais ils sont là, en quelque saison que ce soit, et ils m'assurent que je suis là moi aussi – moi qui, de ce monde autant qu'eux, les retrouve périodiquement, ai loisir de les regarder et réagis à leur présence. Trop proche et trop semblable à un organe adventice, pas plus un meuble qu'un autre instrument familier – d'ailleurs objet dénué de tout semblant d'âme alors même que je le personnaliserais – ne me donne cette assurance chaque fois fondée sur un sentiment de rencontre.

Sur ces trois (ou plutôt un et deux, car le plus grand est plus écarté des deux autres que ceux-ci ne le sont l'un de l'autre) il en est un, le plus petit, qui – courbé – fait un peu figure de parent pauvre et, par surcroît, vieilli avant l'âge ou affligé de quelque disgrâce. Ce n'est certainement pas celui-là que j'aime le mieux, mais le plus grand. Non qu'il soit (il s'en faut de beaucoup) un géant, mais parce qu'à faible hauteur son tronc – dont la base amorce d'un côté une grosse torsade que l'on dirait annonciatrice d'un élan – se divise en deux (l'une des moitiés se dédoublant à son tour presque aussitôt de telle façon que, sous un certain angle, on peut croire à une division en trois dès le départ) et parce que sa charge de branches, quand elles sont dépouillées au lieu de se fondre en une tache confuse, plaque sur le ciel son griffonnage presque d'encre noire avec plus de hardiesse et de panache que ne le font les deux autres.

◇

STÈLE CELTE. C'est en Écosse ou en Irlande qu'elle se dressait, froidement géométrique et sans détail de contour qui permît de la classer parmi les curieuses images naturelles dont l'une, peut-être, donna naissance à la légende de la femme de Loth changée en statue de sel pour s'être retournée, non vers une Eurydice dont elle eût été l'Orphée, mais vers le feu qui ruinait Sodome et Gomorrhe, sans rien non plus qui lui conférât un caractère commémoratif ou funèbre, de point final somme toute et propre à la faire qualifier d'*omégalithe,* en admettant qu'une pierre, de grandes dimensions mais non brute, puisse être regardée comme une variété de mégalithe. Parallélépipède que flanquaient – à faible distance sur la gauche et sur la droite et un peu en avant par rapport à l'observateur – deux autres parallélépipèdes un peu plus courts, posés horizontalement sur le sol comme auraient pu l'être des pierres tombales, des fragments provenant d'une antique architecture abattue ou des blocs de construction faisant partie d'un chantier. Ni matériaux pour édifice futur, ni débris de monuments anciens, ni réceptacles du peu que des vies humaines ont laissé et qu'un cimetière réunit, ces deux solides aux nettes arêtes m'apparaissaient comme des *lits de pierre* bien qu'ils fussent, à dire vrai, autre chose que des lits : des sacs de couchage dans lesquels le corps s'introduit, plutôt que des meubles sur lesquels on s'étendrait à la façon des gisants.

Non loin de ces deux monolithes – très supérieurs en volume mais à peu près de même forme que les barres de sel qui, en Éthiopie, servaient autrefois de monnaie et étaient transportées à dos de mulet par les caravaniers – se tenait un couple légèrement beatnik, ou peut-être de jeunes snobs affectant, par leur mise, d'appartenir à cette catégorie marginale qui semble avoir pour idéal d'adopter un genre de vie apparemment aussi fruste que celui des gens de l'âge de la pierre. Vêtements de grosse toile usés, rapiécés et délavés; longue chevelure des femmes (tombant droit ou rassemblée par un lien qui peut fort bien n'être qu'un bout de ficelle); barbe et cheveux hirsutes de leurs compagnons masculins. Des futurs hôtes des lits de pierre, je sais seulement qu'ils portaient des blue-jeans assez propres et que, tous deux alertes, sveltes et sans doute beaux, ils étaient de sexes différents. Dormir avec de la pierre en guise de draps ou de couverture n'est certes pas chose commune, mais un lit de pierre – une couche de nature lithique dans laquelle l'usager trouvera temporairement un bon repos – se conçoit, à tout prendre, moins difficilement que le « festin de pierre » qui constitue le sous-titre du *Dom Juan* de Molière et que jadis, ignorant que « festin » veut dire ici « convive », j'associais à l'image très confuse d'une table de granit sur laquelle un repas aurait été servi.

Terreuse plus que pierreuse, la tanière de l'ouvrier agricole Tanguy, un Breton ivrogne et à demi clochard qui fut assez longtemps l'assistant efficace de notre jardinier. Ce n'est pas une gaine de pierre qu'il avait pour lit mais une sorte de terrier, trouvé tout fait et juste à sa mesure, dans lequel il s'enfournait tout habillé, après s'être enveloppé de papier journal quand l'hiver l'obligeait à se protéger du froid. Un vieux vélo, quelques ustensiles de cuisine, un tas de bois préparé pour le chauffage en plein vent, ainsi que le paquet de vieux journaux et d'illustrés composant ce qu'il appelait sa « bibliothèque » – tel était à peu près le matériel dont disposait ce Diogène. Un réfractaire farouchement attaché à sa liberté et un philosophe s'il en est, comme j'en eus la preuve entre bien d'autres un jour que je le pressais de faire soigner au dispensaire de la ville proche une blessure à un orteil (due, pensait-il, à une morsure de rat alors qu'il dormait dans son trou), mal qui le faisait souffrir depuis un certain temps et, maintenant, à tel point qu'il circulait en laissant nu le pied atteint, ne pouvant pas plus le chausser que s'il venait de subir le supplice du brodequin – mal que cependant il endurait, plutôt que de s'exposer à ce qu'on le gardât à l'hôpital, s'il s'était présenté pour des soins. « A quoi ça sert, un orteil ? » me dit-il, aperçu rigoureusement fonctionnaliste et cynique autant que le pied dénudé l'était à sa manière. Qu'il illustrât le rire gaulois ou le sel attique, ce propos me cloua le bec.

◇

Tout au bout de l'étroit chemin qui traversait le bois j'apercevais, rose dans le jour d'automne, un morceau de la toiture en tuiles rouge brique dont je savais – pour l'avoir maintes fois vue de tout près en passant dans ces parages – qu'elle recouvrait un hangar abritant diverses machines agricoles. Ainsi regardée de loin et attrapée au fond de l'espèce de puits horizontal qui perçait l'espace rempli d'arbres, la parcelle de toiture dont le reste n'était pas visible ne m'apparaissait pas comme un fragment de bâtiment utilitaire mais me semblait plutôt – et là était la surprise – faire partie d'un kiosque où des joies indéfinissables m'auraient attendu et dont d'ores et déjà le spectacle illusoire me procurait, rien qu'en faisant pointer l'idée de kiosque, un bref instant de joie parfaite. Assurément, les joies que j'imaginais promises n'auraient été ni des gaufres ni aucune de ces friandises solides ou liquides dont l'enfant se repaît après ses jeux, mais elles n'en auraient pas moins justifié tout ce que le mot « kiosque » peut suggérer de tonique et de délectable, à cause de tels souvenirs d'enfance et de l'image aux contours vaporeux qu'il appelle aussitôt : une construction aérienne participant de la mosquée, de la tente de nomades et du manège de chevaux de bois.

◇

Fumant une cigarette en prenant le thé du matin dans ma chambre parisienne, il me vient parfois l'envie – irraisonnée mais ressentie avec acuité – de fumer une cigarette. Or je suis en train, précisément, de fumer et il est donc absurde de souhaiter faire ce que, tout simplement, je suis en train de faire. Sans doute, ce que je souhaite en vérité, c'est la détente que procure l'acte de fumer (assis et le coude droit reposant dans la paume gauche, tenir la Rothmans entre l'index et le majeur de la main droite, la porter à ma bouche pour aspirer profondément la fumée, détacher de mes lèvres le bout liégé puis expulser la fumée de préférence par les narines, substituer de temps à autre le pouce à l'index pour libérer celui-ci qui de deux petits coups tapotés sur le cylindre à l'extrémité incandescente fera tomber la cendre dans le cendrier 1900 très camelote dont le bord est orné d'une toute jeune tête féminine en haut-relief qui regarde vers l'extérieur et, yeux au ciel, semble émerger du double flot de l'interminable chevelure encerclant l'épais calice de métal à peine creusé). Mais cette détente que j'escomptais quand, à la flamme de mon briquet, j'ai allumé la cigarette ne s'est pas opérée et comme je reste dans l'exact état auquel je voulais mettre fin en fumant, je garde le même désir, né du même sentiment d'un manque, et ce désir a pour objet – affaire peut-être de pli pris engendrant un automatisme? – cette chose que je suis en train de faire et qui, inopérante, laisse mon désir intact – ce désir de détente qui, raisonnablement, devrait me conduire maintenant vers autre chose que ce palliatif dont, sans résultat, je suis en train d'user.

Durant un instant, je suis habité si entièrement par ce désir qu'il ne me vient pas à l'esprit que, fumant et songeant à fumer comme si je ne le faisais pas, mon désir a pour objet la chose que je n'ai pas à désirer puisque, présentement, je la réalise et que, d'ailleurs, ce désir est absurde à un autre titre encore, sa persistance montrant l'inutilité de cette chose incapable de le combler, malgré le vague petit plaisir qu'elle peut donner. Quand, presque tout de suite, je découvre que la chose que j'ai envie de faire est justement celle que je fais, mais que mon désir ainsi assouvi sous la forme mineure qu'il avait prise demeure inassouvi, je suis certes mortifié par mon étourderie comme par un signe d'érosion cérébrale, mais surtout j'éprouve un léger vertige, sentant que, même si j'ai pour excuse de ne pas être encore bien réveillé, une faille se manifeste là : celle qui continuera d'exister en profondeur alors même qu'en surface notre désir aura trouvé à se réaliser.

◇

Cet obstiné qui, pour détecter des vérités auxquelles s'abreuver ou pour trouver du moins à satisfaire un tyrannique désir d'enivrement, comptait sur sa plume comme un sourcier compte sur sa baguette pouvait, enfin, se flatter d'un succès littéraire. Mais ce succès – au demeurant limité et fort loin de le promettre à cette gloire qui assure à ses bénéficiaires un certain semblant de survie par personnes interposées – était peut-être plus déprimant qu'un échec. Que conclure d'un coup manqué, sinon qu'il faut le réparer et donc s'activer pour tenter à nouveau sa chance? Alors que cette espèce de réussite – ou ce qui paraissait tel à quelques autres – le mettait en face de cet irréparable : constater qu'avoir joué apparemment gagnant ne l'avait, tout compte fait, mené qu'à bien peu au regard de ce qui – originellement – l'animait. De là à se dire que victoire ou défaite c'est du pareil au même, il n'y avait qu'un pas et, l'ayant franchi, il fut long à se débarrasser de ce bâillon, l'idée que rien ne vaut qu'on s'échine.

(C'est à un tel moment qu'en incorrigible obstiné je me suis agrippé au ruban de cou d'*Olympia,* corde qui m'empêchait de sombrer.)

◇

D'une part, un ondoiement de collines au relief peu marqué; d'autre part, la demi-lune formée approximativement par une baie dont la courbe embrasse la mer sans autre frontière que la ligne d'horizon.

Malgré la beauté certaine de ce paysage, je ne me rappellerais même pas l'avoir un jour admiré si je ne trouvais sa trace dans l'un des cahiers où, sans méthode ni continuité, je consacre – et c'est un pis-aller – à quoi que ce soit (chose ou idée) que j'aimerais garder inscrit dans mon cerveau, comme dans un dictionnaire consultable sans même devoir être feuilleté, quelques lignes parfois si brèves qu'au bout d'un temps plus ou moins long elles ont peine à remplir leur fonction d'aide-mémoire et me fournissent, au mieux, le squelette tout juste identifiable de ce que j'ai vécu ou pensé. Ainsi, ce paysage que je peux vaguement évoquer en me reportant à sa mention dans mon cahier, mais que ne me permet de faire renaître nul détail qui me servirait de levier (tel le ruban, le mouchoir ou l'anodine fanfreluche grâce à quoi le soupirant d'antan pouvait, même dans l'absence, croire à la présence de l'aimée ou tel l'ossement qui pour le paléontologue sera porteur de tout un monde aboli).

N'ai-je pas, d'ailleurs, été peu à peu conduit à juger qu'un panorama de cette espèce me touche moins, à l'ordinaire, que l'infini terrestre d'une savane, d'un désert, voire aujourd'hui d'une plaine prosaïquement cultivée, qui s'étendent de tous côtés et m'enveloppent, au lieu de s'offrir comme un spectacle (auquel je préférerais, spectacle pour spectacle, celui d'un ciel tumultueusement bosselé de nuages et capable à lui seul d'occuper le regard).

C'est au cours d'un mois d'août passé sur une plage bretonne, me promenant – sans doute vers l'heure de la méridienne – en m'écartant du bord de mer et laissant s'éclipser le site côtier dont le déploiement m'avait séduit, que le traditionnel signe solaire – un point entouré d'un cercle – m'est apparu, non comme un graphisme de convention, mais comme une image qui aurait proposé des vérités concrètes à ma saisie. Image pour moi d'autant plus vivante que s'était achevé depuis peu le voyage tropical qui m'avait presque amené à me figurer que j'avais partie liée avec le soleil, dont l'ardeur semble suffire dans ces contrées à créer mauvaises fièvres et aventure.

Planté debout avec mon ombre qui, à mesure que la journée passe, se déplace autour de moi comme l'aiguille d'ombre autour d'un cadran solaire, ne suis-je pas au centre du monde extérieur, décor circulaire que mes yeux voient résumé par l'horizon dont je sais que, fausse ligne droite, il s'incurve jusqu'à se mordre la queue ?

Une couronne et un sceptre, une vulve et un vit, le cercle et le point. Roi nouveau-né, l'homme sort la tête la première de la matrice que l'horizon circonscrit. Caillou jeté dans l'eau originelle, le point détermine un cercle, puis une série de cercles concentriques dans cette eau que l'impact ride. Jeté au monde comme un caillou, j'aurai beau m'aboucher avec lui de multiples manières, je n'engendrerai rien qui lui ajoute et resterai, tant que j'existerai, le créateur de ma propre prison : l'horizon (limite apparente de la nature) que ma chute a fait se dessiner autour de moi.

Quel maître cosmologue que ce signe planétaire auquel, dans la lumière soyeuse des Côtes-du-Nord, je songeais en marchant et qui m'indiquait que ma situation ne pouvait que demeurer la même, malgré le déplacement du point que j'étais et la transformation graduelle de mon horizon! Si loquace était cet idéogramme que je n'avais besoin d'aucun effort d'imagination pour voir également dans ce cercle timbré en son milieu d'une pastille sombre le gonflement d'une mamelle, dont la rondeur d'hostie a pour âme sa pointe qu'en une sorte de transsubstantiation la caresse durcira. Or cette lecture ouvertement libidineuse n'a-t-elle pas, elle aussi, sa justification logique, puisque je suis *au sein* du monde et que c'est par lui que je subsiste?

Point et cercle, centre et périphérie : moi et ce qui m'environne, ou plutôt ma conscience et tout ce qui, mon corps compris, me semble extérieur à cet axe. Encore maintenant, ce graphique est un moule dans lequel je coule maintes pensées, toutes de même veine quoique de teneurs diverses : telle une pièce d'échecs, je poserai par exemple un donjon, haut tube d'épaisse maçonnerie crénelé au sommet, pourvu en bas d'oubliettes si profondes que j'ignore ce qui gît au fond et doublé à quelque distance par un anneau de fortifications, lui-même ceinturé – *La tour prends garde! La tour prends garde!* – par la menace omniprésente qui me force à compter moins sur des ouvrages avancés (trop vite réduits) que sur un ultime retrait, voulu inexpugnable bien que je mesure l'inanité d'un pareil vœu. Donjon, phare que les flots investissent, ou quoi que ce soit d'apparemment intangible que ses entours assiègent, ce point encerclé – soleil dispensant des rayons qui s'éteindront avant même que l'univers ait épuisé son énergie, et donc déjà, à ma semblance, gibier que cerne une meute de chiens ou scalpé imminent lié au poteau autour duquel des sauvages dansent – ne résume-t-il pas, dans chacune des traductions que j'en donne et dont (à ne considérer que l'identité formelle du schéma) la dernière pourrait être contrebalancée par l'image riante d'un garçon aux yeux bandés qu'aguiche la ronde de jeunes filles au centre de laquelle il se tient, une vérité chaudement sentie qui me paraît toucher à l'essentiel?

Décalque exact, cette fois, du symbole de l'astre à vibration de gong qui en sa saison de gloire est successivement réveille-matin, casserole dont l'éclat nous cuit à distance et pièce de monnaie tombant le soir au ralenti dans on ne sait quelle tirelire, cette autre image qui pourtant ne se forma pas sur-le-champ mais à froid, quand vint le moment de couper le fil qui m'attache encore à ce récit dont la base trop friable est un souvenir armoricain : pas plus une roue qu'un disque de phonographe mais – sans spires recéleuses de sons ni quelconque indice imposant à l'entendement qu'il y a, qu'il y aura ou qu'il y a eu giration – une cible, clouée par le point médian qui est le but que le tireur doit atteindre pour faire mouche, comme je m'y essaye avec cette esquisse dont – sans la prendre pour autre chose qu'une fragile aquarelle née d'un motif presque inexistant – je voudrais que ses touches tâtonnantes soient plus que balles perdues, bruit pour rien ou coups d'épée dans l'eau.

*Air oublié,*
*nom qu'on a sur le bout de la langue,*
*goutte que le vase apparemment plein réclame,*
*trou qui crée le vide autour de lui,*
*anneau perdu qu'il faut peut-être inventer*
*plutôt que retrouver ou dégager de sa gangue.*

◇

Est-ce avoir la tête à l'envers, penser que le soleil tourne autour de la terre et se croire l'axe d'un monde créé pour vous, que d'éprouver comme l'effet d'une certaine bonté des choses et des mots – qui veulent bien se montrer favorables et se prêter au jeu – la capacité que l'on a par moments (alors qu'on aimerait en disposer à tout instant) d'écrire de façon telle que, du moins sur-le-champ, il nous semble avoir dit quelque chose qui valait d'être dit et l'avoir dit comme il fallait le dire? Rien à faire quand choses et mots paraissent hostiles au point qu'on ne peut les fléchir et qu'ils restent fermés comme des pierres. Pas question d'écrire une phrase qui tienne debout, quand chaque chose ou chaque idée se hérisse, se met en boule, refuse de se laisser caresser. En apparence, l'initiative n'est pas la mienne, mais celle du monde que bâtissent les perceptions et les sentiments où je baigne : à lui de m'adresser une sommation; à moi d'y répondre, si toutefois les mots y consentent. Que par bonheur la réponse adéquate s'articule, c'est à propos de telles fortunes que d'aucuns parlent d'inspiration...

Mon désir de trouver des partenaires amis dans les choses qui meublent le dehors (comme le fait, entre autres objets, mon corps) et dans celles, sans forme, qui au-dedans sont comme des enclaves étrangères est si vif que, renversant les rôles et oubliant que c'est moi qui conduis la partie, j'attends de ces choses qu'elles me fassent signe et me dictent, avec la connivence des mots, le discours qu'il convient que je leur tienne. M'imaginer que les ressortissants des autres règnes – y compris celui, tout intérieur, de l'indicible – et le langage lui-même peuvent s'aboucher avec moi grâce à une chance insigne dont je bénéficierais, prendre pour un dialogue ce qui n'est qu'un soliloque, je suis au bord de cette folie. Faire comme si tel élément de la nature ou de mes entours urbains, tel exemplaire de ce que je baptise « choses » (en étendant ce terme à nombre d'accidents de ma géographie interne) avait un message d'une haute portée à me délivrer; trop dévot du langage pour reconnaître qu'avant de me parler il est parlé par moi, être vis-à-vis de lui comme un instrumentiste espérant que son instrument va, de lui-même, le régaler de musique – quelle aberration quand on se défend d'être un idéaliste! Et quelle paresse, puisque c'est compter que le prodige s'accomplira sans que l'on ait, pour ainsi dire, à lever le petit doigt!

*La seule poésie est celle sur laquelle on ne réfléchit pas et qui se forme toute seule. Elle doit être une force aveugle et sourde. Et surtout il faudrait ne jamais se regarder...* Voilà ce qu'après m'être battu les flancs, décarcassé pour définir, à mon usage, une technique qui serait au poète quelque chose comme ce que sont (dit-on) aux ascètes tibétains leurs techniques d'extase, je notais autrefois dans le journal à tout faire qui a pour pendant saisonnier (printemps, été, automne, hiver) l'agenda de poche en quatre fascicules où c'est le futur immédiat qui s'inscrit, tous deux aide-mémoire rassurants puisque l'un, cristallisant le passé et reflétant des préoccupations qui n'ont guère changé, me prouve, quand la curiosité et l'envie d'y découvrir des matériaux encore vierges me poussent à m'y reporter, que j'ai existé de façon jusqu'à présent à peu près cohérente, tandis que l'autre, engageant l'avenir quand j'y marque un rendez-vous ou une sortie prévue, semble me donner promesse écrite qu'au moins jusque-là je continuerai d'exister. Voilà – et cela m'apparaît aujourd'hui comme un aveu d'impuissance – l'assertion que je notais de guerre lasse, optant somme toute pour une espèce d'immobilisme qui m'eût porté à me tourner les pouces en attendant que la poésie me tombât comme une alouette toute rôtie – soit le contraire exact, et j'en conclus que grand était mon désarroi, de ce vers quoi je m'orientais à peine un mois auparavant. N'avais-je pas, en effet, commencé par affirmer – observateur qui ne s'examinait que pour savoir comment ce qu'il tenait pour une rare aubaine se produisait en lui et, ainsi averti, comment faire pour appeler de tels moments à se produire – que quand je sens la poésie, philtre qui amplifie la vie et n'a sans doute pas d'autre justification, sur le point de perler j'ai l'impression *d'une espèce de révolution qui se produit en moi – de mouvement tournant dans lequel ma pensée semble décrire un demi-cercle et ainsi se tenir face à face avec elle-même?* Ce que, considérant ce face-à-face (qui, lucidité souveraine, est l'inverse d'une soumission yeux fermés) comme la condition primordiale, je faisais suivre de ce semblant de conclusion : *C'est alors que les mots, au lieu de s'agencer mécaniquement (psittaciquement), prennent poids et couleur* (acquièrent la densité de pierre qu'à la même époque je souhaitais expressément qu'ils eussent et, chaudement teintés, cessent de se succéder en un terne bavardage de perroquet); *ils m'émeuvent moi-même* (me touchent et m'éperonnent comme d'ardentes et tendres paroles m'atteignant en un point sensible) *et ne comptent plus pour moi en tant que mots* (deviennent autre chose que des ustensiles morts). Et je disais aussi, ne lâchant pas l'idée de dynamique interne qu'un instant avant j'avais notée sous cette forme pas assez dégrossie : *s'habituer à une certaine multiplication de la conscience et s'opposer son cœur* (terme bien « romance » et surtout bien imprécis) *comme d'ordinaire on s'oppose un arbre ou une maison,* ne lâchant pas la bouée de cette idée – être devant ce qu'on éprouve comme devant un objet palpable – et essayant, fort loin d'y réussir, de tout à la fois élargir le champ et asseoir une conviction que j'admettais plus viscérale qu'intellectuelle : *Un tel état correspond moins à la dispersion du moi dans le monde extérieur qu'à la concentration du monde extérieur dans le moi. Toutefois, plus que retour de la périphérie au centre* (rentrée en soi après s'être laissé captiver), *il y a identité — sans mouvement dans aucun sens — entre la périphérie et le centre* (plus de barrière entre ce « je » qui parle et le cirque de réalités tangibles dont les lointains et les avancées l'entourent). *C'est comme si les plantes poussaient dans la poitrine et la multiplicité des événements prenait naissance dans les os.* Furieuse aspiration à une saisie éblouie du concret, dont je n'ai pas démordu mais qui, en l'espèce, avait conduit à s'égarer dans les jeux de miroirs du verbalisme l'analyste pénétrant que j'aurais aimé être. Pareil errement montre dans quel trouble, que l'on fait flèche de tout bois pour dissiper, me plongeait ce problème apparemment de seule technique, le surgissement de la poésie grâce à un acquiescement aveugle ou moyennant l'exercice d'une stratégie ! Problème que, moins désemparé, mieux en forme et trop pris par la pratique pour m'occuper de théorie, je ne me serais sans doute pas même posé — si tant est que je me sois vraiment posé cette question en termes de pour et de contre et qu'il n'y ait pas là une illusion, la vue cavalière qu'après une longue mise en sommeil la relecture permet de prendre me révélant un revirement qui bien qu'effet de l'humeur (en finir avec une réflexion qui ne menait à rien) me semble, à distance, traduire mon incertitude sur un point dont en mon for intérieur j'aurais sourdement débattu.

Laisser se faire, ou faire en sorte que quelque chose se fasse, telle serait l'alternative et, pas plus maintenant qu'hier, je ne sais laquelle des deux voies choisir : une certaine passivité (autrefois m'en remettre aux agissements des mots, aujourd'hui attendre que le sentiment soit assez mûr pour quasiment se formuler de lui-même) ou bien une activité délibérée (grâce à quelque opération mentale ou truc technique qui restent à découvrir, me mettre en condition, autrement dit courir après et non laisser venir). Mais, jugerais-je qu'il vaudrait mieux n'entreprendre qu'en étant sûr que c'est à bon escient et donc ne pas m'embarquer d'une manière ou d'une autre avant d'être fin prêt, ma volonté de temporiser pour ne rien gâcher par une démarche trop précipitée serait battue en brèche par ma hâte toujours grande. Dans les périodes où je n'écris pas, j'éprouve en effet un malaise que je crois comparable à ce qu'est, pour le toxicomane, l'état de *manque* – en l'espèce être privé de cette drogue, la quête de la poésie (aventure aussi passionnante que celle du joueur absorbé par la partie d'où résultera sa fortune ou sa ruine), et, ainsi condamné à un vide qu'aucune lecture ou spectacle proposé par l'esprit d'un autre ne saurait combler, souffrir d'une sorte d'asphyxie et être la proie des souffles empoisonnés qui viennent occuper l'espace intérieur où rien ne les empêche de s'engouffrer. Il est certain que parfois la sagesse me commanderait de patienter jusqu'au moment où je sentirais que le fruit est sur le point de se détacher. Est-il tolérable toutefois de vivre dans cette inaction et de ne pas tenter au plus vite sa chance, quitte à éprouver ensuite un remords : avoir mal dit ce qui valait d'être bien dit et l'avoir à tout jamais adultéré, détérioré à cause du mauvais pli pris; avoir, inversement, trop bien dit ce qui, n'apportant rien ni à moi-même ni aux autres, ne valait pas d'être dit; ou, perdant sur les deux tableaux, avoir mal dit ce qui ne rimait à rien et cela parce que, pour ne plus être au supplice, il fallait à tout prix dire quelque chose et que notre envie tenaillante d'y parvenir a brouillé notre jugement.

Avoir gâché par trop de hâte le matériau d'où un diamant (nous semble-t-il) pouvait être tiré, ou n'avoir rien gâché, rien n'ayant été mis en jeu qui méritât quelque précaution, mais être tombé dans une virtuosité de pacotille en voulant tirer parti de ce rien, ou bien – égarement pire – s'être jeté pesamment dans une sotte élucubration et s'y être en quelque sorte sottifié, mal dont il sera aussi difficile de se débarrasser qu'il a été facile à contracter – en somme, gâchage, mièvrerie, balourdise qui ne sont pas seulement les formes parmi d'autres que peut revêtir l'échec, mais seront senties comme des fautes plus que comme des bévues, alors même que, loin de se juger investi d'une mission hautement privilégiée, l'on penserait que l'activité littéraire n'est décidément qu'un jeu dont on est l'unique meneur. Car il en serait de ce jeu-là comme de bien d'autres jeux, qui ont leur dimension morale, en ce sens non seulement que la tricherie en est bannie, mais que perdre parce qu'on a été ou trop léger ou trop obtus, c'est attirer sur soi la honte, se mettre en posture d'accusé même si l'on détruit aussitôt la pièce à conviction et s'exposer au remords autant que le sportif qui – pour s'être insuffisamment entraîné, avoir adopté une mauvaise tactique ou simplement avoir manqué de nerf – a raté sa performance. Remords sans fondement apparent, puisque, s'il voit dans l'écriture un lieu de liberté inaliénable et ne veut rien servir alors même qu'il lui répugnerait de ne servir à rien et de n'être qu'un donneur de plaisirs éphémères, l'écrivain – à la différence du sportif, souvent porte-drapeau – est pratiquement seul en cause et que, sauf orgueil délirant, il sait qu'en fait le monde ne se portera pas plus mal s'il y a une disproportion ridicule entre l'ambition qu'il avait eue en écrivant et le produit obtenu. Remords pourtant fréquent – le constat en serait aisé – et qui chez moi repose peut-être sur ceci : avoir fraudé en essayant d'atteindre par artifice à cette vraie poésie dont je n'ai pas tout à fait renoncé à croire qu'elle est celle « qui se forme toute seule »... Mais non ! Repêcher cette vieille idée, plus que douteuse au demeurant, pour en tirer argument, c'est assurément dérailler et, leurré par une abstraction, ne faire aucun cas du remords encoléré qui se mêle à mon angoisse quand je ne travaille pas ou me borne à m'acharner sur quelques pointes d'aiguilles : fainéant, cancre, propre-à-rien, tu restes le nez en l'air, tu laisses filer entre tes doigts le peu de temps dont tu disposes ! Par laisser-aller, mal user de sa vie, ne pas faire ou ne faire qu'à demi ce qu'à tort ou à raison l'on se sent appelé à faire, sur le plan du métier, n'est-ce pas le crime le plus imbécile puisque celui qui le commet en est la première victime et que, pas même acte mais abandon à une inertie, cette mutilation de sa propre personne n'a pas le mordant du *non* qu'exprime le mode radical de sabordage qu'est le suicide en bonne et due forme ?

Remords quand je travaille mal, remords quand je ne travaille pas. Quelle source de remords est pour moi l'écriture, passion qui est aujourd'hui la seule à laquelle il me semble permis de céder en quelque circonstance que ce soit et par laquelle, dirai-je même, je *voudrais* me savoir assez mordu en même temps qu'assez courageux pour ne pas m'en trouver détourné par les maux les plus atroces ou les pires perspectives que je pourrais avoir à personnellement affronter – passion donc que j'assume sans le moindre remords et qui me cause du remords seulement quand je constate que, d'une manière ou d'une autre, je ne suis pas à son diapason (et, notamment, ne réponds pas à mon idée ancienne du « vrai poète », *chez qui l'imagination poétique tend à se substituer à tout autre mode de penser, et ce, jusque dans les circonstances les moins favorables, les plus tragiques*) ! Remords, en quelque sorte, différé et qui m'attend au tournant puisque, comme au regret de ne pas m'avoir saisi dès le principe, il vient me tourmenter à propos de cette activité à laquelle, précisément, j'estimais pouvoir me livrer en toute bonne conscience, ne l'exerçant certes pas comme un sacerdoce mais lui assignant plutôt un libre et irréductible caractère de jeu – de jeu où la mort n'est jamais bravée directement et donc moins périlleux que la roulette russe, mais qui, même quand il n'est pas le cadre d'une grande mise en cause, me paraît – s'il répond à une pulsion profonde – d'une noblesse suffisante pour qu'on ait licence de sacrifier à sa pratique dans le contexte le plus grave (calamité publique ou disparition d'un proche, par exemple) sans qu'il y ait lieu de regarder cela comme une légèreté déplacée. J'aurai, en somme, reculé pour mieux sauter, vu que ce sera la façon dont je m'adonnerai à ce jeu, pour moi d'une importance extrême quoique sans effets mesurables, ou le fait de ne pas m'y adonner, qui deviendra motif de remords.

Remords, dis-je, en coulant sans plus de réflexion ma pensée dans un antique moule chrétien de c'est-ma-faute-c'est-ma-très-grande-faute... Mais est-ce bien de remords qu'il s'agit? Ou n'est-ce pas, plutôt, que je suis ulcéré par une mixture de sentiments, en vérité, assez divers? Remords, je ne saurais le nier, faisant trop grand cas de l'écriture pour ne pas m'adresser des reproches, comme si j'avais failli à mon devoir par excellence, quand j'ai mal travaillé ou n'ai pas travaillé (rigorisme qui va de pair avec mon mépris à l'égard de l'écrivain qui fait des concessions, même s'il n'est pas cyniquement « commercial »). Angoisse aussi, que j'éprouvais déjà et dont je voulais me délivrer en travaillant, mais qui persiste parce que, mauvais ou demeuré velléitaire, mon travail – ou une envie trop vague pour avoir abouti – n'a pas été à même de la lever. Déception, puisque j'avais compté sur ce travail comme sur un lève-angoisse et que la mécanique a fonctionné de manière déficiente ou ne s'est pas même mise en marche. Peur panique, car il se peut que ce moyen (drogue peut-être, mais non de celles dont il suffit d'augmenter la dose quand elles s'avèrent inefficaces) soit désormais inopérant – irréductiblement – pour l'une de ces raisons : l'incapacité où, diminué par les années, je suis aujourd'hui de *faire assez beau,* assez suprêmement exaltant, pour que l'effet libérateur se produise; l'impossibilité maintenant radicale de me libérer d'une angoisse devenue trop constante et trop forte pour n'être pas rebelle à quelque remède que ce soit. Honte – ma vanité blessée – de n'être parvenu qu'à une pauvre chose, montrant qu'en définitive je ne suis peut-être qu'un écrivailleur, ou de n'avoir rien fait, ce qui peut indiquer que je suis quelqu'un de complètement vidé, voire menacé par le gâtisme. Chagrin, enfin, de m'estimer exclu d'un paradis et mortification à ce sujet puisque, pour être ainsi exclu, il faut que je sois indigne et, selon la triste impression que j'en ai, taré dans ma personne même – trop insignifiante, trop vulgaire, pour être admise à pareille fête –, souillé alors de ce péché originel : être ce que je suis, faute plus irrémissible que ces délits occasionnels – impatience excessive ou au contraire incurie, marche dans de grosses bottes, quand ce n'est coquetterie ou, sorte de félonie, mauvaise foi dont je suis vite puni, ne tardant pas à me sentir étrangement mal à l'aise dans ma voix horriblement faussée –, délits sur lesquels je ne passe pas l'éponge, tant s'en faut! mais défaillances vénielles à côté du vice rédhibitoire, cette médiocrité qui, je le crains souvent, serait la vraie cause de mes échecs.

Mais pourquoi avoir peur d'être indigne dans un domaine où je n'ai de comptes à rendre à personne? Amoureux éperdu, il serait naturel que je redoute le regard de la Dulcinée aux yeux de qui je ne voudrais pas démériter. Me vouant à une tâche dont dépendraient d'autres sorts que le mien, il serait normal que ma capacité problématique de la remplir avec succès m'inspire de l'inquiétude. Payé pour un travail, je pourrais – élémentaire conscience professionnelle – m'alarmer en pensant que je ne m'en acquitterai pas comme il faudrait et qu'ainsi j'aurai été surpayé. M'étant engagé sur parole à quoi que ce soit, j'aurais le droit d'être anxieux, ayant peut-être donné cette parole un peu à la légère et n'étant pas sûr de pouvoir la tenir. Or, je le sais d'expérience et j'y reviens, la conviction gênante d'être coupable (autant que si j'avais affreusement pataugé dans une situation délicate, péché contre le savoir-vivre, lourdement gaffé, laissé bêtement passer une occasion, toutes choses dont on ne manque pas de se mordre les doigts) m'enserre quand je n'écris pas ou quand je m'aperçois que j'écris mal, faux pas qui si je publiais les pages ratées m'exposerait certes à des jugements cruels – quel pauvre type! Il se prend pour Dieu sait quoi, alors qu'il n'est pas grand-chose ou rien du tout – mais ne saurait m'être imputé à crime, à moins qu'on me fasse grief de n'avoir trouvé ni dans les mots, ni dans les choses la complicité voulue et de m'être heurté à un monde aussi muet qu'une porte de prison, quand je cherchais à communiquer avec lui. Si pourtant je me condamne sans admettre pareilles circonstances atténuantes, n'est-ce pas parce qu'implicitement je reconnais que je suis en cause de la manière la plus directe, écrire ou ne pas écrire, écrire bien ou écrire mal ne m'étant pas donné du dehors, à la façon d'un cadeau que je recevrais ou ne recevrais pas, mais relevant exclusivement de moi, capable ou non de traiter choses et mots avec le discernement qu'il faut pour en extraire le métal poétique? Un œil assez aigu pour capter ce qui n'a pas à s'offrir, un esprit assez vif pour exploiter la capture (affaire de perception puis de mise en langage, encore que les mots puissent venir les premiers et s'assembler moins pour traduire que pour créer), telles seraient finalement les conditions requises, fort éloignées du négativisme qu'exprime la pure attente béate ou énervée.

Une fois pour toutes, je dois donc liquider ma vieille tendance à me tourner de tous côtés pour trouver quelque part une collaboration bienveillante et à demander infantilement, tantôt à une aléatoire matière ouvrable, tantôt à mon instrument le langage, une aide aussi providentielle que celle espérée par le croyant qui compte sur l'irruption imprévisible de la grâce et tout au plus s'emploie à l'obtenir par des prières. Ce ne sont ni le fleuve, ni la route, ni la feuille, ni le caillou, non plus qu'aucun être animé pris dans les rets de ma sensibilité (fût-ce pour un bref moment) et pas plus le décor des villes que les objets d'ordres divers qui peuplent ma chambre à coucher ou n'importe quelle pièce dont l'atmosphère m'imprègne, encore bien moins les mots sans autre existence qu'impalpable, et pas même ce qui stagne ou s'agite au fond du puits qu'il revient à ma conscience d'explorer, que je suis en droit d'incriminer si mon travail ne marche pas ou marche mal : de ce coup manqué, que loin de m'en laver les mains comme si c'étaient des forces distinctes des miennes qui avaient joué je me reproche amèrement, mon remords autrement sans raison prouve que je me sens le responsable numéro un, qui n'ignore pas que dans le cas de malfaçon ou de carence c'est bel et bien à lui qu'il faut jeter la pierre. A lui qui, lorsqu'ils sont imprimés, signe sans vergogne ses écrits, étant admis que – de quelque manière qu'il s'y soit pris et de quelque conjoncture qu'il ait profité ou pâti – il a été le maître d'œuvre.

◇

Arbres si hauts, si droits et si serrés qu'au milieu d'eux l'on n'entend rien, comme s'ils avaient mis les bruits hors de notre portée en s'élançant – impavides – vers le ciel et les y poussant, de la masse compacte de leurs branches les plus élevées, comme vers un lieu de quarantaine.

... Ou – à l'horizontale et non à la verticale – le masque (peut-on dire) de silence que le spectacle d'une futaie très dense appose sur notre face de vivant prêt à croire qu'il dort debout, tant le dépayse cette absence de son que semble attester un organe qui est l'œil et non l'oreille.

◇

En 1918 je crois, et les hostilités point encore terminées, l'explosion de la poudrerie de La Courneuve.

Alors à Passy, dans le square Lamartine, je m'apprête à franchir le seuil du cours Kaiser-Charavay, l'institution bien-pensante dont, à l'échelon bac, je suis l'un des élèves. Le vacarme est si grand que j'ai un instant l'impression, non d'avoir entendu une grosse détonation, mais d'avoir reçu une lourde masse sur la tête. La sensation se serait-elle trompée de porte ? Mes muscles semblent avoir réagi avant même que mon ouïe fût alertée.

Après la déflagration, cascade de verre brisé dont cette fois c'est via tympans – incontestablement – que je suis informé. Diable disparu aussi vite que sorti de sa boîte, un commerçant de l'avenue Victor-Hugo se jette hors de chez lui, baisse précipitamment son rideau métallique et, avec la prestesse d'une souris qu'escamote en un clin d'œil son repaire, rentre dans sa boutique je ne sais trop comment. Peut-être par une espèce de chattière ménagée dans le rideau ? (Mais seulement « peut-être », car je doute à la réflexion que pareille trappe ait pu s'offrir à lui.)

◇

Lumière chaude.
Frôlement trouble.

Baiser de miel.
Bruit percutant.

Contour mou.
Alcool dur.

Mélodie plate.
Accords chatoyants.

Parfum pimenté.
Harmonie fade.

Vue insipide.
Peinture savoureuse.

Goût râpeux.
Musique caressante.

Parler rocailleux.
Sonorité brillante.

Ton aigre.
Voix veloutée.

Couleur acide.
Chant sirupeux.

◇

Le colza dont le jaune agace les dents et qu'on rangerait du côté du citron plutôt que de celui de l'huile...

*Innombrables sont les choses qui ne ressemblent pas à ce qu'elles sont (une feuille, par exemple, que rien ne révèle poumon, un avion qu'on dirait trop lourd pour imiter l'oiseau, un ordinateur que rien n'indique cerveau) et nombreuses celles qui ont un aspect trompeur (l'ours à l'air bonasse, le serpent corde sur le sol, le poisson dont les ouïes ne sont pas des oreilles, la lune disque haut suspendu, l'arbre fantôme, le mort homme endormi).*

Ne pas brouiller les cartes mais tailler dans le vif, ne pas biaiser mais prendre l'équivoque par les cornes ou la trancher comme un nœud gordien, voilà qui est peut-être l'*A B C* de la poésie.

◇

L'acolyte capricieux qu'est le chat, compagnon moins d'Olympia que de sa servante noire. Ne faut-il pas que la scène ait son témoin, comme le tableau aura son spectateur ? Mais rien, de cette scène dont le centre est la courtisane qui d'une main nonchalante met son sexe entre parenthèses, ne paraît concerner le félin, et l'on se demande dans quel but, s'il ne se borne pas à chercher sur le lit un coin où tranquillement dormir, il va effectuer la tournée d'inspection à laquelle il semble se préparer. Du reste, l'important n'est pas ce que ses yeux grands ouverts regardent et dont, dépourvu de parole, il ne pourrait nous faire part, à nous qui le regardons. Ce qui compte – pour quelqu'un que pousse à la rêverie cette image de la haute galanterie d'il y a plus d'un siècle – c'est que ce génie familier ou suppôt infernal soit là, ayant-droit qui n'a besoin ni d'avoir été convié ni de justifier sa présence, et que sa queue (autre ruban couleur d'encre) se dresse et ondule comme pour exprimer l'expectative par une ébauche de point d'interrogation.

◇

L'AVENUE, que l'on devine humide, feuillue, vétuste et qui souvent se veut, et s'avère, si vide entre ses jardins délavés et ses murs aveugles que, quand ses vannes se désentravent, elles ne s'ouvrent qu'à des bruits amortis, telle une marche pieds nus sur un plancher assez ferme pour que nul craquement, fût-ce le plus menu, n'en émane.

Pourtant, dans les villes surtout, nombre d'avenues ne sont pas de même veine que ces graves mais avenantes avenues-là qui, toutes rumeurs s'y atténuant et perdant leur pouvoir vénéneux, font figure de havres contre la vilenie des événements. A ces rêveuses surannées s'oppose en effet, vivant désaveu, l'avenue des Champs-Élysées par exemple, dont le nom ment deux fois : vaste voie encore presque neuve où jour et nuit de vrombissantes allées et venues violent la paix que le mot « avenue » paraît avoir pour vertu d'annoncer et, aussi bien, celle des aires vaporeuses où paissent les âmes des morts, toute aventure et tout avenir dorénavant évanouis et devenus moins que de vaines souvenances.

◇

*Cœur aux deux anses jumelées, qu'on ne sait de quel côté prendre.*
*Carreau ni stable ni carré, debout sur l'une de ses pointes.*
*Trèfle sorti des mains d'un habile ferronnier.*
*Pique qui saigne noir.*

◇

Noirs marqués de roux et le bec en aiguille, deux petits oiseaux me font escorte, voletant à quelques pas devant moi (tantôt plus près, tantôt plus loin et se séparant quelquefois) sur le chemin de terre où je marche, tenant en laisse mon chien. L'un d'eux, parfois, se perche sur une pierre, tandis que l'autre s'agite au creux d'un sillon où ses ailes déployées semblent seules l'empêcher de tout à fait s'engouffrer. Quête alimentaire, une chasse aux insectes ou autres animalcules – recherche zigzagante que le chien, trop occupé à flairer des herbes, ne trouble d'aucun rush d'égorgeur – motive vraisemblablement ce vol bas, peut-être signe avant-coureur du temps encore une fois gâté que, m'entendant hier me réjouir de la beauté de la matinée, le propriétaire des champs que je traverse m'a prédit pour dans trois jours, arguant de la direction du vent (qui souffle du nord-est) et ajoutant que cette année 1978 (dont nous abordons peu glorieusement le mois de mai) a des chances d'être mauvaise, car elle a treize lunaisons.

Vaguement je me demande (sans prendre cette idée bien au sérieux) si, n'écoutant que la fantaisie, je ne devrais pas suivre ces deux oiseaux pour voir jusqu'où – guides, messagers, à quelles fins et par quelle instance délégués? – ils me conduiront; ou, en tout cas, ne rien laisser tomber du spectacle euphorisant dont ils me gratifient... Mais au bout d'un quart d'heure à peu près, ou pas même, je les perds de vue : cessant de me précéder, ils se sont envolés vers la droite du chemin, de sorte que je ne peux plus les distinguer, non qu'ils se soient beaucoup éloignés, je pense, mais à cause de la couleur des terres remuées et sans doute fraîchement ensemencées avec lesquelles, ton sur ton, ils se confondent à distance.

Je ne suis pas mécontent que la question soit ainsi réglée. C'est, en effet, avec une certaine honte que j'aurais décidé d'abandonner mon aimable paire d'éclaireurs au moment – prévisible – où continuer d'aller derrière ce couple ailé m'aurait tant écarté de ma route qu'après mon tour quasi solitaire je serais rentré trop tard pour déjeuner avec celle dont j'ai peine à imaginer que c'est depuis déjà de très vieilles lunes que je lui suis apparié.

◇

En vacances d'été dans un établissement mi-hôtel mi-sanatorium de la Forêt Noire : à quelque sept cents mètres d'altitude et à seize kilomètres de Baden-Baden (dont le nom équivaut à celui du « Bains-les-Bains » frère des Vittel et Contrexéville vosgiens), Bühlerhöhe » (les « Hauts-de-Bühl » ou « Bühl-le-Haut ») pendant d'un Bühlertal ou « Bühl-le-Val » voisin de la petite ville marchande baptisée Bühl tout court. Pratiquement, Bühlerhöhe – où durant les premiers jours il fallut subir le temps pourri qui affectait une partie de l'Europe – n'est pas beaucoup plus qu'un lieu-dit, proche à vol d'oiseau de Baden-Baden mais relié à cette station d'un luxe désuet par une route toute en lacets, peu propice à la vitesse et donnant, quand on prend l'autobus pour aller là-bas, les dimensions d'un petit voyage à un parcours qui, effectué par des voies pédestres, ne serait pas grand-chose pour un marcheur habitué si peu que ce soit aux courses montagnardes.

Forêt Noire ordinairement bien nommée, tant il fait sombre dans ses futaies, mais qui pendant ces quelques jours mouillés eût été mieux dite Forêt Grise, épaissement voilée qu'elle était par la pluie et le brouillard, sauf en des heures d'éclaircie que l'on trouvait bien sûr trop courtes, et dont on était enclin à oublier qu'elles vous avaient quand même évité l'enlisement total dans la grisaille. Forêt qu'ont cessé de hanter les brigands et les gnomes, et qu'en ces journées maussades les bêtes à plumes ou à poils semblaient avoir elles aussi désertée, mais dont par mauvais comme par beau temps les arbres ne laissent pas d'en imposer, surtout quand, les voyant abattus et dépouillés de leur écorce, on est mieux à même d'évaluer quelle devait être la hauteur de ces fûts jaunes et souvent odorants, couchés de tout leur long, par tas, sur le bord du chemin. Forêt touffue, que l'afflux des touristes ne gâche en vérité que par endroits et où celui que rebute l'excès de densité humaine peut encore, sans chercher bien loin, trouver à se promener avec la sensation d'être isolé de tout, du moins tant qu'il n'est pas rappelé aux haïssables contingences d'aujourd'hui par le passage strident d'un avion militaire.

Ce n'est pas en piéton, mais dans une voiture louée pour transporter notre groupe familial, que cette fin d'après-midi-là je remontais de Baden-Baden, sous un ciel si nuageux que le soleil semblait avoir grand-peine à çà et là le trouer, par de très pâles rayons. A un tournant assez élevé déjà pour qu'à gauche un large paysage ouvre son éventail en contrebas de la route ou plutôt se laisse tout juste deviner derrière un écran brumeux, cette lumière solaire, qui, bien que la nuit ne fût nullement prête à tomber, avait presque l'air de ne plus exister, ressuscita d'une manière inattendue : deux ou trois vastes flaques de franche clarté posées sur le flou du paysage, côté plaine, en autant de taches lactescentes qui semblaient s'étaler en dehors de toute relation avec la structure de cette parcelle de territoire (un peu comme dans les tableaux modernes où dessin et couleur sont systématiquement dissociés) et submergeaient partiellement, sans respect de leurs contours, des bouquets d'arbres et des groupes de maisons pas plus grands que des jouets. Taches qu'on aurait dites *substantielles,* comme le sont à une moindre échelle celles dont un produit gras ou sucré marque une étoffe, et qui paraissaient révéler la matérialité de la lumière (montrer cette chose même qui éclaire et non pas des choses qui s'offrent sous un certain éclairage). Taches limpides transformant, en quelque mesure, le paysage terrestre en une sorte de négatif du paysage céleste que tachaient, lui, de gros nuages noirs.

Sur-le-champ, j'eus l'impression que le dévoilement qui s'était opéré sous mes yeux devait être pris au pied de la lettre et que c'était une vérité cruciale sur le monde et sur la destinée que me donnait en lecture ce paysage tout à la fois ennuagé et ensoleillé, qui en bas comme en haut semblait illustrer l'antagonisme manichéen de deux principes et dont la moitié terrestre, réplique inversée de la moitié céleste, aurait été – au ras du sol – sa traduction dans la langue que parlent les choses qui, corps palpables et non châteaux dans les airs, composent notre cadre coutumier. Vérité glorieuse, qu'exprimait un spectacle glorieux apparemment agencé pour m'apporter une espèce de salut – la vie réhabilitée – en me montrant qu'il n'y a pas que ténèbres mais que la lumière existe, mieux encore : en me faisant assister à son triomphe sur l'obscurité, triomphe patent puisque la façon dont elle se superposait à des détails de notre milieu (accidents de terrain, végétation et aménagements typiquement humains que sont des maisons agglomérées) affirmait sa transcendance. Fulgurante image en tout cas, élevant à un niveau sublime – celui du monde tel qu'il devrait être, pour que du moins son caractère de théâtre d'une sinistre plaisanterie soit effacé – l'écœurant va-et-vient (espoir-angoisse, plaisir-affliction, enthousiasme-dégoût) que nous imposent notre condition personnelle et notre rôle de témoins voire d'acteurs d'une Histoire qui aux élans chaleureux mêle indifféremment les chutes dans l'horreur guerrière ou policière, n'est-ce pas une idée de ce genre que cette vue aussi émouvante qu'une vision me suggérait en fin de compte, sans doute parce qu'elle remuait en moi un vieux fatras religieux? Manifestation d'une lumière positivement divine, aurais-je été porté à me dire, si le mot « Dieu » appartenait à mon vocabulaire. Mais je n'aime pas ce mot bouche-trou, fourre-tout, dont le côté colosse-aux-pieds-d'argile ne peut d'ailleurs que m'inspirer de l'éloignement (ne serait-ce qu'en raison de l'esprit anti-Himalaya qui me détourne également des chefs-d'œuvre dont on ne parle guère qu'avec des tremblements dans la voix comme faisaient en leur temps les adeptes du wagnérisme). Plutôt que d'en appeler à une notion trop énorme pour ne pas être creuse, je préfère – m'en remettant à l'immédiat – me réclamer du rien qui, sans avoir l'air de rien, fait tout basculer dans un sens heureux, moment dont on se souviendra et dont le souvenir, s'il garde assez de fraîcheur, soutiendra, car il était de ceux qui prouvent qu'il n'y a pas que laideur – ainsi la conjoncture météorologique qui, un instant, m'infusa un sentiment de plénitude grâce à des jeux de transparence et d'opacité dont, bien que sensible à leur pouvoir d'illusion, je n'ignorais pas – en profondeur – qu'ils ne signifiaient rien.

Que la lumière ait différé, en ces jeux, de celle dont on perçoit le parcours (rayon d'un projecteur, par exemple) et qu'elle ait revêtu la forme de taches posées, non sur un carrelage ou sur un meuble, mais sur un paysage saisi de loin par une plongée du regard, sans doute était-ce là l'important. Pour que sa contemplation prît un tour quasi métaphysique, il fallait que, dépassant le cadre restreint de l'expérience de laboratoire, elle affectât un morceau de nature assez ample pour faire songer à l'universel. Et il fallait aussi qu'elle fût autre chose qu'un faisceau de rayons, tel qu'à hauteur de ciel les temps brouillés en présentent quelquefois de très beaux. Lumière en flaques, en taches, comparables aux mares attestant qu'il y a eu inondation, c'était cela qui – en la situant chez nous sans que, pour autant, elle n'eût qu'un champ étroit – lui permettait, souveraine toujours mais à notre diapason, d'agir avec autant de force sur l'imagination. Celle-ci, toutefois, a-t-elle besoin d'un aussi noble adjuvant pour prendre un pareil essor ? Une expérience d'un moindre éclat, mais peut-être encore plus surprenante, qui précéda de peu celle que je viens d'essayer de relater (avec les moyens du bord, je le dis sans fausse modestie, sachant que tout ce que je puis en dire reste en deçà de ce qu'était cette illumination) me paraît, dans sa laïcité même, démontrer le contraire et m'apprendre que bien peu, en fait, suffit à déclencher le bond.

Le soir même de notre arrivée à Bühlerhöhe, dans la salle à manger qu'à cause de son plafond orné de nervures moulurées je pensai d'abord XVIIIe siècle, alors qu'en vérité la construction du sanatorium date des environs de 1930, j'étais assis en face d'un panneau entièrement garni par une grande photographie en couleurs dont le motif, en lui-même sans attrait, était un site forestier reproduit, eût-on dit, grandeur nature : derrière un premier plan de bruyères roses et vers le centre d'une clairière probablement étrangère à la Forêt Noire ou du moins à ses aspects classiques, les arbres qui l'entourent n'étant pas des sapins, et quelques bouleaux (si je les identifie correctement) figurant parmi eux, un coude de rivière auquel répond, dans la partie supérieure de la photo, le berceau presque rond formé au sommet de hauts troncs par des frondaisons qui se rejoignent. Tournant le dos à la fenêtre, je ne voyais rien du coucher de soleil – masqué d'ailleurs par un store baissé – mais seulement, sur la photographie, les barres lumineuses dérivées des rayons qui, traversant les lattes, la frappaient de manière telle que l'eau de sa rivière paraissait miroiter. De plus, placées vers la gauche et vers la droite de l'image, l'une au pied d'un arbre assez gros, l'autre plantée, l'on aurait cru, dans la bruyère, deux appliques doubles aux ampoules allumées – éléments réels du système d'éclairage de la salle à manger – semblaient faire partie du paysage en simili et jouer (c'est à cela qu'aussitôt je songeai, me rappelant cette œuvre fameuse dont un modèle réduit, paraît-il mauvais, m'avait permis néanmoins de me faire quelque idée) un rôle analogue à celui de la lampe tenue par la femme dans la désarçonnante composition, moitié relief moitié trompe-l'œil, où Marcel

Duchamp montre dans un paysage banal au fond duquel brille une chute d'eau un nu féminin couché, dont ne sont représentés ni la tête ni les pieds et qui a pour fonction la plus apparente de porter une lampe effectivement allumée alors que les autres éléments de l'œuvre, de quelque façon qu'ils soient traités, n'atteignent qu'à une présence de faux-semblants. Juxtaposition de réalité authentique (la lampe) et de réalité feinte, de même qu'au sanatorium de Bühlerhöhe des appliques réelles porteuses de lumière électrique s'associaient à un paysage simulé que frappait vers son milieu la lumière naturelle (moins intense que l'autre mais en quelque sorte plus *vraie*) du coucher de soleil passé au tamis, combinaison complexe en laquelle s'entrecroisaient plusieurs ordres de rencontres – lumière et ombre, chose donnée et chose fabriquée, réel et irréel – et dont l'ambiguïté singulière avait un très grand charme... Or ce qu'on appelle « poésie », émotion que l'esprit construit autant qu'il la reçoit, n'est-ce pas assez exactement un charme de cette espèce, produit bâtard d'une conjugaison obscurité-lumière et d'un mariage spontanéité-artifice, aux confins du mensonge et de la vérité? Fixer des moments troublants où tout paraît remis en cause et tâcher de leur trouver un second souffle ou bien obvier à leur rareté grâce à des équivalents procurés par des générateurs qu'on aura forgés de toutes pièces, tel est l'un des buts essentiels de la poésie sous la forme écrite qu'elle emprunte chez certains, lancés ainsi dans une chasse qui ne finira qu'avec eux-mêmes.

Une lumière qui, dans le cas du paysage réel comme dans celui du paysage photographié, jouait comme une surimpression et engendrait une fantasmagorie, avec ses taches hasardeuses que leur dessin indécis rendait plus évocatrices que si elles avaient été géométriques, voilà ce qui m'était apparu, non pour m'apprendre quelque chose sur mon destin ou sur la marche de l'univers mais pour m'apporter – par chance, et comme par une vocation inhérente à sa nature – un peu de lumière sur la poésie. Me faire comprendre que, procédant d'une conjonction ou d'un brassage de termes hétérogènes, elle ne peut être qu'un hybride qui – sirène, centaure, griffon ? – se meut dans l'équivoque. M'amener à penser que, pour agir en tant que charme par lequel on se sent comblé, elle a moins besoin de tenir un discours éloquent ou profond que de dire abruptement qu'*elle est là,* surimposée mais intégrée à ce qui existe, et non pas à côté. Me pourvoir d'un fil conducteur en me montrant qu'indépendamment de son contenu, et quelque forme qu'elle revête, elle n'est pas plus une fuite hors de la vie qu'un commerce avec un autre monde, mais relève à proprement parler du *sur-réel,* ce que concrétisait – d'une façon qui recoupait étrangement l'étymologie – l'effet dû à des stigmates lumineux se surajoutant à la réalité, ainsi transfigurée, d'un paysage ou à celle, fictive, d'une photographie de site.

Par suite d'une maladresse que je commis en maniant couteau et fourchette, les taches de soleil qui m'avaient tant porté à rêver durant mon séjour à Bühlerhöhe ont rejailli, muées en sauce tomate, sur le revers de mon veston, sans épargner mon pantalon, lors du dernier repas dans ce sanatorium où circulaient notamment, parmi d'autres créatures (trop souvent peu ingambes) attirées tantôt par la salle à manger, tantôt par le salon, tantôt par la terrasse, trois ou quatre vieux spectres du sexe masculin, pas tous mes aînés – j'en fis la triste découverte – et qui marchaient à lents petits pas, presque d'acteurs de *nô,* en s'appuyant sur leurs cannes à bout caoutchouté (et non ferré comme il en allait pour le martial accessoire de nombreux promeneurs ou promeneuses forestiers). Fantôme doyen, de trois ans plus âgé que le parent à fauteuil roulant que, point si lestes nous-mêmes, nous escortions ma femme et moi, assistés de sa sœur anglaise guère plus vaillante que lui et d'une jeune infirmière amenée de Paris, puis d'une autre qui lui succéda : la grande et sèche Hollandaise de quatre-vingt-seize ans qui, flanquée d'une dame de compagnie attentive à ses longs monologues, se déplaçait en s'aidant d'une sorte de segment mobile de balustrade en tubes d'acier, sur lequel elle s'affermissait des deux mains chaque fois qu'elle mettait devant son pied droit tordu son pied gauche en meilleur état, Sémiramis de théâtre transportant avec elle, comme un élément de décor, le fragment symbolique de rempart qu'elle ne remisait que pour s'asseoir.

Malgré leur belle teinte rougeâtre, je n'accordai nulle valeur poétique à la constellation de taches dont, à la veille de quitter la Forêt Noire, j'avais souillé mon costume, le pied-de-poule tout neuf qu'après les occupations médicales du matin et les promenades de l'après-midi j'endossais habituellement pour le relatif cérémonial du dîner. Vêtement dont la perte, s'il n'avait pu être nettoyé, m'aurait d'autant plus irrité qu'il était sans doute l'ultime que je me serais fait confectionner, ayant même sans lui assez pour faire figure jusqu'à ma disparition à moins que celle-ci – que lâchement je souhaite antérieure à celle de la compagne dont je ne conçois pas comment je pourrais supporter l'absence – ne soit plus tardive que je ne prévoyais, lors d'une commande qui avait eu la couleur d'un adieu, pour le snob inquiet de ses dehors et l'homme incapable de sérénité que j'ai toujours été.

◇

*Forêt pluvieuse non de pluie mais d'arbres en dents de peigne fin.*
*Mare de mica.*
*Brouillard couleur d'oubli.*
*Neige que mon chien lèche comme on fait d'une glace en cornet.*

◇

Entrée à l'instant (dirait-on) dans la chambre que seul le corps dévêtu de la maîtresse du logis semble éclairer, qu'attend donc la dévouée servante que ne brûlent plus les tropiques pour désunir son volumineux bouquet et répandre tout le long d'Olympia les pétales qui – fleur sur fleur et non pas ton sur ton – feront ressortir la pâleur de sa peau et aiguiseront en même temps son arôme ?

◇

L'herbage, le bois ou la rivière dont la vue pacifie, en prêtant à penser que cette Nature qui nous fait naître et mourir n'est pas seulement celle que les villes cachent derrière des travestis parfois sordides, mais également celle-là, en laquelle il ne paraît pas ignoble de finir par se fondre.

Probablement trop puissantes, ni la mer ni la montagne ne me communiquent une pareille paix, qui suppose qu'entre l'extérieur et moi, j'établis, en douceur, une relation d'intimité.

◇

Boule de billard soustraite à tout carambolage, boulet de canon incandescent, médaille brillante qu'une peau diaphane met en valeur, globe de cristal pour une voyante qui ne peut être que nous l'œil captivé : au beau milieu d'un ciel gris perlé de peinture chinoise ou japonaise, le soleil du soir au-dessus des arbres pointus trop sombres pour être verts et qui, premier plan, amorcent l'échelonnement de plus en plus clair de pans de collines finalement noyés dans la plaine rhénane qu'aucune ligne d'horizon visible ne clôture.

◇

A gauche de la route, sur une terre labourée, je découvre des fils de la Vierge paresseusement tendus de crête à crête et qui scintillent dans la lumière étale. A peine plus haut, çà et là, un va-et-vient capricieux de points noirs : moucherons dont le vol, qu'aucun bourdonnement n'accompagne, ne semble pas engourdi par le froid.

Le gâteau qu'en morceaux trop gros m'a servi la charrue absente (ou l'un de ses avatars de notre époque follement industrialisée) paraît d'autant plus géant que l'on perd toute idée de la juste échelle à la vue du léger gréement de sucre filé qui par endroits – toujours proches, le miroitement arachnéen qui m'avait tant surpris ne jouant qu'à brève distance – relie, en sautant par-dessus certaines, les mottes plus ou moins anguleuses que nulle géométrie précise ne coordonne.

Morceaux gros à vous écœurer, mais que je trouverais aussi appétissants que des tranches de moka, si je ne les savais tellement rugueux et farcis de corps étrangers qu'ils crisseraient atrocement sous la dent de quiconque céderait à l'envie d'en goûter une bouchée...

◇

*Étoile aux branches trop piquantes*
*pour qu'on la regarde sans danger.*
*Ciel bleu à s'y noyer.*
*Nuit dont l'aurore a peine à se décrasser.*
*Soleil visible seulement quand il se porte mal.*
*Lune, assiette vide ou gong muet.*

◇

Ce n'est pas avec les quatre saisons – roue d'écureuil sur laquelle les événements ne mordent pas – qu'Olympia nue doit me réconcilier. Il n'est que trop entendu que la nature, théâtre non humain de constants recommencements, est le milieu dans lequel je suis appelé biologiquement à me fondre, et peu importe que je m'y résigne ou non. Ce qu'une telle figure (ni nymphe ni baigneuse agreste mais femme au repos sur un lit) viendrait plutôt me rappeler, par l'entremise de ses parures et autres accessoires séculiers, c'est que, tout comme les modes, les choses vont leur cours – non en un cycle immuable, mais selon la ligne sans retour des avant, pendant, après – et que, nous touchant directement et donc de quelque importance bien qu'à l'échelle suprahumaine de l'immensité cosmique sa taille soit microbienne, il existe une Histoire.

C'est par rapport à cette Histoire, suite d'épisodes fugaces qui s'enchaînent parallèlement à ceux de ma vie, que je tiens à me situer et à elle que je veux – au moins par mon travail, construction sans chair s'il n'est doué expressément d'une actualité – intégrer, si possible, ma propre fugacité. Comment prononcer les paroles qu'aujourd'hui j'aimerais prononcer pour rendre à la sensibilité de l'époque un peu plus que je ne lui ai pris, si je me repose sur une contemplation sans date (végétative en quelque sorte)? Alors que la *présence* de cette citadine, l'Olympia de Manet, m'invite par sa modernité (acuité, proximité, instantanéité) à ne pas m'endormir dans unc immobile et vaine contemplation.

◇

Enrubanner,
enserrer,
enclore,
encastrer,
enraciner,
enchâsser,
enrichir,
enluminer,
ensoleiller,
embraser,
ensemencer.

◇

Quel cirque n'est pas le plus beau du monde – le monde et ses beautés montré dans toute sa beauté ?

Le cirque – où le malheur, s'il existe, n'est pas inscrit à l'affiche – offre une vision *glorieuse* du monde : triomphe de l'homme, sur les animaux et sur son propre corps, qui se rit de contraintes telles que la pesanteur, de même que son intelligence, qui fait de lui le roi de la création, sait déjouer la causalité, comme le prouve la thaumaturgie de l'illusionniste.

Des bêtes à qui l'on enseigne des manèges savants (singes, chiens, phoques), d'autres qu'on dresse (éléphants qui défilent la trompe de l'un tenant gentiment la queue de l'autre et manœuvrent avec légèreté leurs masses qu'on croirait fraîchement détachées de la croûte tellurique, chevaux pleins de nerf mais obéissant autant dire au doigt et à l'œil, bichonnés, nattés et leur bouche touchant presque leur poitrail tant ils sont bridés serré), d'autres enfin que derrière les grilles vite posées l'on dompte en force ou en douceur (lions, tigres et fauves moins imposants mais tout aussi dangereux réduits, sauf accident, à l'innocuité).

Toutes les merveilles du monde – ou ce qu'on peut en rassembler – encloses dans un espace circulaire au périmètre restreint. Harmonie, concorde, « concert » des nations réunies comme pour faire ressortir leur bariolage et mutuellement se fêter. La comédie humaine illustrée de façon débonnaire, par l'Auguste balourd que tourne en dérision le fin clown étincelant. Les espoirs qu'on peut fonder sur l'évolution confirmés par la marche sur les mains ou par la roue, prenant la relève de la station debout qui avait succédé à la marche à quatre pattes il y a plus que des millénaires. Les promotions qui ravissaient, dans les petits cirques de naguère : l'ouvreuse qu'on retrouvait équilibriste et la caissière charmeuse de serpents.

Sur la sciure ou le tapis brosse, l'art sublime est lui-même au rendez-vous : avec les poses qu'ils prennent comme faisaient les hommes de bronze (race foraine à peau métallifiée qui, je crois, est aujourd'hui éteinte), des êtres marmoréens chantent un hymne à la splendeur de la structure particulière à notre espèce.

Récréation pour tous (adultes comme enfants), le cirque – pauvre ou riche – est aussi une belle leçon, car la gamme modeste ou fastueuse de ses beautés fait voir, même à qui ne croira jamais au paradis terrestre, combien il est beau d'être au monde.

Vers la fin de l'été 1957, à Florence au Champ-de-Mars, l'apothéose stratosphérique qui couronnait le spectacle du cirque Togni : issues de brûle-parfum, des vapeurs moutonnantes recouvraient toute la piste, sous le ciel étoilé qu'était devenu le haut de la tente de toile, grâce à un jeu de projections lumineuses. Girls, clowns, nains, acrobates, tous les artistes étaient là, y compris le trio (une femme et deux hommes guère plus vêtus que des statues antiques) qui tout à l'heure, au milieu des jets d'eau, imitait les figures d'une fontaine style Bernin.

Dix ans après, à Berlin près de l'hôtel Hilton, l'entrée du cirque Sarrasani qui, dans la nuit, semblait située au fond d'une longue avenue bordée d'une double rampe électrique : trompe-l'œil dû à l'effet de perspective créé par des lignes convergentes d'ampoules fixées sur le vaste panneau dans lequel l'entrée s'ouvrait, à distance non mesurable de rêve.

◇

Douillet, si ce n'est sybarite, et affligé par surcroît d'une phobie touchant aux examens médicaux qui portent sur les organes situés au-dessous de la ceinture et, vrais coups bas, impliquent insertion d'un instrument tubulaire dans l'antre ou le défilé qu'il s'agit d'explorer, j'ai exigé – bravant les moqueries du médecin qui me prescrivait la recherche imposée par le trouble vésical dont je souffrais – une anesthésie complète alors que c'est l'anesthésie locale qui est d'usage en pareil cas. Pour ma défense, je dirai qu'un autre praticien, notre médecin de famille qui par expérience personnelle jugeait la chose fort pénible, m'avait engagé à formuler cette exigence, insistant d'autant plus qu'à l'inverse de son confrère il me connaissait bien!

Au lieu de tomber comme assommé par la piqûre ainsi qu'il m'est arrivé déjà, je me sens – contrairement à mon attente – glisser peu à peu dans l'inconscience, ce qui après coup m'étonnera légèrement. Au réveil, sortant de la naturelle période de blanc due à l'action de l'anesthésique, j'éprouve une curieuse impression, qui ne disparaît pas tout de suite et dont je ferai part, d'abord, au médecin de famille qui gentiment m'a escorté puis, renouvelant ma confidence, à ma femme et à lui dans la chambre où je me trouve maintenant, cette petite chambre que j'occupe à la clinique Victor-Massé, proche de Pigalle et des boîtes que j'ai fréquentées à l'époque où, célibataire, je noctambulais volontiers : je me suis affreusement saoulé et je souffre d'une abominable gueule de bois.

Reprenant petit à petit mes esprits, je me rends compte au bout de peu d'instants de ce qui se passe en réalité : je ne suis nullement ivre mais sous l'effet, pas encore tout à fait dissipé, de l'anesthésique, et c'est faussement que j'avais le vague souvenir d'une grande fête au cours de laquelle j'aurais bu jusqu'à effondrement.

Revenu entièrement à moi, je crois pouvoir remonter jusqu'à la source probable de cette illusion. Dans la salle d'opération, n'avais-je pas remarqué l'appareil d'éclairage, un large disque littéralement bourré de projecteurs électriques braqués sur moi étendu juste au-dessous, il me semble bien ? Ce serait donc cette vive lumière venue d'en haut et le fait d'être entouré de plusieurs personnes rassemblées comme pour une *Leçon d'anatomie* (mon médecin habituel, son frère chirurgien qui procédait à l'examen, l'anesthésiste et une infirmière) qui m'auraient donné à imaginer – en une sorte de rêve très bref – que, saoul comme une grive, j'étais au milieu d'une foule dans une salle éclairée aussi brillamment que le veut l'expression *a giorno,* pour une joyeuse fête à laquelle un lustre présidait.

*Peut-on espérer qu'au moment de mourir on sera gratifié d'une vision de ce genre ?* Telle est la conclusion – dubitative mais plutôt rassérénante – que, le lendemain de cette espèce d'aventure réduite à un flash qui ne constituait même pas une scène à proprement parler, je donnai au procès-verbal que je tins à en établir. Aujourd'hui, sept ans se sont écoulés et un souvenir me revient : l'autre médecin, celui qui regardait l'anesthésie complète comme superflue, m'avait rapporté pour m'encourager le propos de l'un de ses clients qui récemment avait subi l'épreuve et l'avait estimée très supportable, se contentant de déclarer tout crûment que ce n'était évidemment pas comme « passer la soirée avec une danseuse ». Jointe peut-être à un peu de honte de m'être montré exagérément pusillanime, une telle idée de partie fine en compagnie d'une ballerine avait-elle rôdé autour de moi quand, au retour d'un sommeil qui tout en m'insensibilisant ne m'avait sans doute pas plongé dans le noir absolu, je m'étais fabriqué un souvenir d'ivresse scandaleuse dans un brouhaha de fête sous un luminaire digne d'une coupole d'Opéra?

◇

Jusqu'à ses reins masqués par le dossier du siège descend et s'étale la belle chevelure paille de la conductrice non d'un tracteur agricole, mais de l'autobus que je prends presque quotidiennement. En montant, vers l'avant comme il sied et montrant un instant ma carte orange pourvue de ma photographie, j'ai vu son visage un peu vulgaire, bien qu'aux traits nets, assez réguliers et dénués de toute mollesse – un visage que je ne laisse pas, imaginairement, de resculpter en le purgeant de ses défauts quand, assis à quelque distance, je regarde à nouveau l'impressionnante crinière. Les autres voyageurs – ou quelques-uns d'entre eux – sont-ils aussi admiratifs que moi, il ne me semble pas... Mais à dire vrai, je n'en saurai jamais rien : ma propre face ne permettait sans doute pas qu'on y lût ce que je ressentais et il se peut qu'il en ait été de même des leurs. J'ose cependant penser qu'aucun de ces inconnus n'éprouvait autant de plaisir que moi à me savoir piloté par cette vigoureuse et tranquille amazone, dont j'appréciais l'allure altière et l'impudeur quasi divine avec laquelle, juchée sur un siège plus élevé que ceux du menu peuple que le véhicule transportait, elle exhibait le ruissellement des longs cheveux blonds qui contrastaient avec le gris sombre de sa veste manifestement moins soyeuse.

◇

Absente, l'intime toison cachée par la main en éventail qu'Olympia pose fermement sur sa cuisse – de la part de l'artiste, moyen terme (dirait-on) entre sa volonté de réalisme et les us de l'époque qui, en peinture, frappaient d'interdit les sexes féminins velus – semble trouver, au prix d'un éclatement, un substitut dans deux autres composantes du tableau : la luxuriance du bouquet apporté par la servante enturbannée et la noirceur du félin qui rôde en quête d'on ne sait quoi.

Autre éclat de même espèce, est-on en droit d'imaginer : à l'oreille gauche, la fanfreluche dont le rose et les replis de fleur évoquent l'organe qu'il est permis de supposer orné ou ensauvagé par cette toison qui pas plus que lui n'est montrée.

◇

Je remonte la rue de l'Éperon pour aller chercher de l'argent à la poste. Au milieu de la chaussée, je vois une femme d'un certain âge, pauvrement mais pas trop misérablement vêtue, et qui mendie. Cette virago plutôt que tas de chiffons quémande d'un ton pleurard, en ajoutant – argument qui doit lui sembler décisif – qu'elle ne va tout de même pas voler. Manifestement comédien, son pleurnichement m'agace et il y a dans toute sa personne quelque chose qui me dégoûte. Donc, je ne lui donne rien et poursuis, raide comme balle, mon chemin.

Presque aussitôt, réaction qui s'affirme tandis que j'attends au guichet des chèques postaux, je me reproche ce premier mouvement et me dis que, sortant de la poste lesté d'argent, je ne pourrai décemment pas – à moins de prendre lâchement une autre rue – ne pas faire à la mendiante une petite aumône si je la revois.

Je la retrouve en effet, enveloppée du même manteau râpé en gros tissu brun et beige mélangés, mais debout maintenant sur le trottoir, presque adossée au mur, et non plus sur la chaussée, où ne devaient en vérité la déranger que peu de véhicules.

Quand, ayant reçu de moi la pièce de un franc et les trois de vingt centimes – surplus balayeur de remords – que je dépose dans son vieux porte-monnaie ouvert et tendu, elle me remercie avec un large et aimable sourire puis, d'une voix onctueuse tout à fait différente de celle d'il y a quelques minutes, me souhaite « une bonne fin de journée » (ce qui devrait m'agréer, car actuellement mes journées sont loin d'être excellentes), elle me dégoûte plus encore que tout à l'heure et je me reproche alors d'avoir accompli, nullement par bonté d'âme mais par sot respect humain, ce qu'il est convenu de regarder comme un geste de charité.

◇

A ras de terre, je ne vois plus la discrète masse noirâtre du petit bouledogue qui, presque chaque fois que je passais rue Grégoire-de-Tours, étroite rue bien accordée à son nom mérovingien, se trouvait là comme un génie du lieu. Peu remuant et (je suppose) déjà vieux, il est probablement mort.

Crainte sans doute de ce ridicule : témoigner en pleine rue d'une sensiblerie de mémère à l'égard de l'espèce canine, je n'ai jamais caressé cet animal, si menu que pour cela j'aurais dû me pencher ostensiblement. Mais j'avais plaisir à l'apercevoir, soit qu'il se tînt immobile devant une porte (la sienne, à ce que j'imagine), soit qu'il flânât avec une lente démarche désabusée, soit qu'il échangeât sans s'agiter quelques amitiés avec un congénère sans race ou d'une autre race que la sienne.

Tranquille monstre gardien, esprit tutélaire ou dieu lare, puis-je dire sans forcer l'expression, car il me serait difficile de donner autrement la mesure du sentiment de paix que me faisait éprouver chacune de nos rencontres, à deux pas de chez moi, et m'évitant ainsi d'y rentrer avec une face aussi renfrognée que celle de cette bête aux yeux tristes et au museau écrasé qui semblait assumer à ma place toute la morosité dont elle était la muette image.

◇

S'énerver de vieillir le rendant acariâtre et savoir cela augmentant son énervement, c'était pire qu'un cercle vicieux : sa mauvaise humeur était engagée dans une escalade dont on ne pouvait prévoir à quel sommet elle atteindrait...

(J'ai honte d'évoluer de la sorte et c'est pourquoi j'éloigne la chose en la contant à la troisième personne et, autre écart, à l'imparfait, tel le maître exilant dans un angle reculé de la classe le jeune élève qui se conduit si mal qu'il n'est que juste de le mettre au coin.)

◇

*— Un jour, le cercle autour de moi s'est tellement rétréci que je me suis vu stylite, sans l'avoir jamais voulu!*

*— Sur une colonne de marbre?*

*— Plutôt de cire fondante, comme le cercle l'était déjà. Stylite, donc, de bougie : une bougie dont je suis la flamme qui se borne à brûler.*

◇

Si, écrivant non par caprice, intérêt matériel ou soif de gloriole mais pour me défendre contre l'idée de la mort, je regarde mes écrits comme la fragile carapace que je me bâtis avec les mots que j'ai reçus tout faits et que mon industrie traite de son mieux (mots dont l'alignement sur le papier reproduit l'itinéraire sinueux et haché que trace non sans rejets, repos et retouches ma main munie d'une plume et dans le labyrinthe duquel j'avance à pas précautionneux comme si, doutant de mes lumières, j'attendais de cette plume qu'elle me guide en me tenant par la main), la logique veut que j'habite ces écrits, faute de quoi ils ne seraient que coques vides et, plutôt que les pièces d'une armure, une pauvre panoplie dont, comme un enfant qui s'en est amusé, je laisserais les éléments épars autour de moi. A quoi me servirait d'écrire – articulant entre elles ces phrases dont chacune, en son déroulement linéaire, est à la fois l'horizon que je fixe, la corde raide sur laquelle il me faut marcher et le câble auquel je m'agrippe – si c'était seulement pour chercher une diversion, esquiver l'affrontement et donc ne rien résoudre! Il est certain, toutefois, que je dispose de diverses manières d'habiter ce que j'écris et que je ferais preuve de courte vue en croyant que les seules adéquates sont la confession ou le récit vécu. D'ailleurs, il n'y a pas que les reliques qui puissent être des talismans et je ne vois pas pourquoi, à cet égard, la chose que je tire de ma mémoire aurait le pas sur celle que j'imagine. Ce qui compte, c'est seulement que cette chose, dont peu importe le caractère, me ressemble (à la façon dont un portrait peint ou dessiné, même rien qu'allusif, peut être plus proche de l'original qu'une photographie) et que, même si elle est une pure fiction liée à moi par des rapports très lâches, elle recèle mes traits les plus significatifs et, de ce fait, me décèle. Qu'elle soit, en somme, révélatrice, un peu comme il en est du vêtement qui, assez judicieusement choisi et assez bien confectionné pour qu'on s'y sente chez soi, offre de son porteur – par la matière, la couleur, la coupe et ce qu'indique le choix – une image où beaucoup de lui peut être lu clairement et qui, en cas de complète réussite, montre qu'il entre avec aisance dans la peau de son propre rôle.

A moins que tout ceci ne soit qu'un jeu de métaphores, qui m'aura séduit sans prouver plus qu'un jeu de mots, il faudrait donc que par écrit, avec l'obstination d'une taupe qui fore ses galeries, je fabrique ce simulacre qui, mon angoisse s'y fixant, me tiendrait lieu de carapace protectrice : quelque chose qui n'aurait pas besoin d'être mon moulage exécuté sur le vif mais, vêture à la fois conforme à moi et douée de sa forme à elle, constituerait une part essentielle de la réalité visible dont les yeux des autres aussi bien que les miens me revêtent, moi qui – normalement – me présente habillé plutôt que nu. Certes, il ne s'agit pas d'endimancher, et moins encore de déguiser, les pensées dont je ne puis m'alléger qu'en les exprimant, mais de les vêtir de manière assez vivante et exacte pour que, livrées à l'air du dehors, elles s'imposent sans prêter à équivoque. Grosse question pour moi car, ce faisant, c'est moi-même que je vêts de l'enveloppe qui, m'extériorisant et devenant ma façon d'exister dans des cervelles étrangères, me permet de forcer un peu les limites de mon moi mortel.

◇

*Orphée et sa lyre.*
*Homère et sa canne blanche.*
*Dante et le chaperon qui le distingue de Virgile.*
*Ronsard au front lauré.*
*Cyrano et son nez légendaire.*
*Racine et sa perruque bouclée.*
*Buffon et ses manchettes de dentelle.*
*Voltaire dans son fauteuil Voltaire.*
*Mirabeau à la face grêlée.*
*Balzac et sa robe de chambre.*
*Gautier et son gilet rouge.*
*Mallarmé sous son plaid.*
*Rimbaud en costume de bagnard plus que de trafiquant.*
*Tolstoï en blouse de moujik.*
*Wilde aux lys bientôt changés en orties.*
*Jarry en culotte cycliste.*
*Max Jacob porteur de l'étoile jaune.*
*Roussel à bord de sa roulotte.*
*Apollinaire à la tête bandée.*
*Joyce et ses grosses lunettes.*
*Kafka coiffé d'un melon magrittien.*

◇

CHŒUR, *gaillardement scandé et à pleine voix, tandis que la salle se remplit :*

S'il te ceinture,
fais gaffe au satyre Larigot :
en sa sainte ire
il t'agrafera le haricot!

*Des cintres, une pancarte descend portant, imprimés en gros caractères et suivis d'un ou de plusieurs points d'exclamation, deux mots que l'on peut présumer constituer le titre de la pièce :*

NON MAIS!

*Très espacés et nettement marqués, viennent alors les trois coups.*

*Rien ne se passe.*

*Les trois coups sont répétés plusieurs fois, de plus en plus bruyants et à une cadence de plus en plus précipitée, jusqu'à succession ininterrompue.*

*Long silence, puis un coup unique, très léger.*

## *ACTE I*

*Le rideau se lève sur le noir absolu.*

VOIX MASCULINE *(pleurarde) :* J'ai froid. J'ai faim. J'ai peur. Je m'ennuie...

*La scène s'éclaire par degrés et l'on découvre une vaste plaine désertique, avec — côté jardin — un haut-de-forme très propre, gris perle à ruban noir, accroché à un piquet mal dégrossi.*

*Lent baisser de rideau, accompagné de modulations au sifflet, comme cela se fait dans la marine.*

## *ACTE II*

*Le rideau se lève sur une forêt luxuriante dont, sans répit, les feuilles bougent légèrement.*

LA MÊME VOIX *(criant) :* A la soupe! A la soupe! *(Une pause, et confidentiellement) :* Mais à la guerre comme à la guerre...

*Suit le bruit fortement rythmé d'une troupe en marche, puis le vacarme d'un marteau-piqueur, qui se fera entendre encore plus une fois le rideau tombé et, à l'extrême du crescendo, s'arrêtera net.*

## *ACTE III*

*Le rideau se lève sur un immense miroir reflétant toute la salle. Au fond et dans la partie la plus élevée de celle-ci (ce qu'on eût dit autrefois le « paradis », plus récemment le « poulailler »), un haut-parleur invisible.*

LE HAUT-PARLEUR *(sur un ton nasillard, décroissant jusqu'au silence total) :* As-tu bien déjeuné, Jacquot? As-tu bien déjeuné, Jacquot? *(Etc.).*

*Coup de feu tout proche, et chute tumultueuse du rideau, comme s'il était détraqué.*

CHŒUR DIFFUS, *à peine audible, pendant que le public se disperse :*

Ô Zigomar, ô Zigoto,
tomberas-tu un jour marteau
tant les magouilles de la zigouille
qui t'alpaguera, peut-être tard
mais trop bientôt,
te fichent la trouille?

◇

Un comédien sans loge pour s'habiller avant de faire son entrée et qui devra, pour se grimer, attendre d'avoir donné quelques répliques et d'être moins innocent que quand, appelé par nul régisseur, il est sorti des coulisses. Devant une foule de gens dont la plupart ne pensent qu'à leurs affaires mais qui parfois s'agitent et couvrent de leur bourdonnement les paroles prononcées sur la scène, la pièce est jouée au canevas – un canevas des plus lâches – et sans répétition. A mesure qu'il sentira le rideau près de tomber, le trac de ce comédien augmentera et, bientôt, ce deuxième ou troisième rôle qui se croit le protagoniste se verra privé des moyens de dire correctement ce dont il voudrait que ce soit le mot de la fin, et son mot bien à lui dans le texte que, comme ses camarades, il improvise en recourant presque toujours à de pauvres lieux communs.

◇

Poursuivi par l'idée des méchants tours que son existence, déjà longue, lui jouerait peut-être avant de s'évanouir, il essayait de se faire une raison. Aussi mal que tourne l'aventure, il lui serait, du moins, loisible de s'y soustraire grâce à une dose mortelle de somnifère. Et il pensait particulièrement à ces deux cas : si, désemparé par le veuvage et pareil à un orphelin sans tutelle, il se sentait voué à finir dans une affreuse détresse ; si (perspective qui l'inquiétait aussi, quoique moins strictement lancinante) il constatait que son intelligence se dégradait à tel point que, bientôt, il ne serait plus qu'un débris aux yeux de son entourage. Mais, quand il se cuirassait en songeant qu'affligé de l'une de ces disgrâces il pourrait toujours s'administrer le remède qui coupe court, certaines choses lui échappaient.

D'une part, c'était dans la présence de sa compagne – présence qui le fortifiait et l'encourageait – qu'il puisait le courage de se préparer à un acte qui en demande, même exécuté sans douleur ni sang versé. Or comment compter sur cette médication, puisque, pour avoir le cœur d'en user quand il serait au pied du mur, il aurait besoin de cette femme qui, justement, ne serait plus là ?

D'autre part, si son intelligence baissait beaucoup, garderait-il assez de lucidité pour s'en apercevoir ? Venu le moment de mettre un terme, saurait-il que ce moment serait venu ?

Et, s'il percevait sa déchéance, ne serait-il pas déjà devenu l'objet de trop d'atteintes humiliantes pour tenir encore à sauver la face ?

Aveuglement moins circonstanciel, et peut-être le plus rédhibitoire, il ne voyait pas que la suppression de soi est plus difficile lorsque, précisément, elle serait plus que jamais fondée étant donné votre grand âge : à ce stade, vous avez, chanceux ou malchanceux, trop perdu pour que votre vie vaille encore réellement d'être vécue, mais ce qu'en même temps vous avez perdu, c'est une volonté suffisante pour que – l'heure sonnant – vous tiriez d'une main ferme le trait.

Ce trait qu'il devrait tirer d'une façon ou d'une autre, il est probable que – faute de courage – il ne le tirera pas, si l'heure vient à sonner... Et j'en sais quelque chose, le « il » n'étant ici qu'un masque derrière lequel, parlant de ce qu'il eût été plus décent de taire, je me suis dissimulé – malice, il est vrai, cousue de fil blanc et relevant du protocole plutôt que du désir de faire illusion.

◇

Vieux à me faire peur, je tâche parfois d'un peu me consoler en me disant que, si je n'ai pas été à la hauteur de mes rêves de jadis, l'on a en tout cas grand tort de se représenter la jeunesse sinon comme un âge d'or (ce que l'enfance elle-même n'est que dans l'image qu'on s'en fera adulte) du moins comme une époque de pureté plus grande que celles qui viendront après.

Des préjugés qui, inculqués presque dès que j'ai su parler, m'attachaient à ma classe sociale, la bourgeoisie, et me mettaient des œillères qui, malgré l'amour des pauvres que le christianisme prêche, me faisaient regarder pratiquement cette classe plus aisée comme la seule qui valût considération, il m'a fallu me défaire et, pour en réduire les séquelles, une longue série d'expériences ainsi qu'une réflexion serrée ont été nécessaires. Assurément mal doué pour la rébellion, j'ai dû attendre d'être usager quotidien d'un rasoir qui n'était pas mon premier et d'avoir franchi depuis belle lurette le cap qui suit celui de la puberté pour apprendre – écoutant un ami, un grand peintre apparemment fermé aux nouvelles dont s'engraissent les journaux, fulminer contre la décision française d'occuper la Ruhr comme un créancier fait opérer une saisie – que ce pays où j'étais né, celui de la prise de la Bastille et de la bataille de la Marne, pouvait à l'occasion se montrer haïssable. Pour moi que distrayait alors d'à peu près tout l'ambition de planer surhumainement, vertu qu'avec une furieuse envie d'être de ces élus j'attribuais candidement aux poètes, cette découverte était un pas important : entrevoir que notre ennemi numéro 1 n'est pas cet univers aux lois de béton armé contre lequel je m'escrimais à coups de mots, mais la façon dont, terriens, nous y sommes présentement organisés. Pourtant, il me restait à comprendre – et cela ne se fit pas tout de suite – qu'il est ridicule de vitupérer si l'on ne remue pas le petit doigt pour combattre ce qui révolte. Si j'en suis venu à tant soit peu « m'engager » (encore que cela ne fut sanctionné par aucun contrat), ce n'est pas uniquement parce que le cours des événements m'y a conduit, mais parce que je répugnais à cette absurdité : maudire le sort et se construire par l'écriture une autre vie, tout en ne faisant rien pour bâtir à neuf cette vie-ci. Affaire, en somme, moins de passion que de logique.

De pas mal d'idées et d'attitudes qui m'aidaient surtout à faire figure à mes propres yeux, c'est seulement sur le tard que je me suis débarrassé, tant ces renonciations allaient à l'encontre de mes souhaits profonds. Par degrés, et avec bien des oscillations, j'ai jeté par-dessus bord des croyances que seules maintenaient en place l'absence d'examen réel jointe à la séduction qu'elles exerçaient sur moi. Et quant à mes goûts les plus solidement ancrés, eux non plus ils n'ont pas échappé à des remises en cause qui tenaient moins au souci de faire convenablement mon ménage interne qu'à une inclination foncière au doute. Ainsi, je me suis affranchi du sentiment encore embué de religiosité qui me portait vers l'art conçu comme piège à transcendance plutôt que comme mécanique n'exprimant que son ingénieur, et je me suis non seulement dépouillé de ma prétention – tout aussi peu réaliste – à dépasser la littérature dans mon propre travail (que j'aime à déclarer « poétique » sans que cela change rien à sa nature littéraire par définition), mais j'en ai fini également avec le banal appétit de pittoresque et le désir tout aussi vain de jouer à l'aventurier qui, souvent masqués par des justifications moins frivoles, ont probablement été mes plus puissantes incitations au voyage. Parallèlement, et sans viser délibérément à un nettoyage strict, j'ai – lassitude autant que réflexion – laissé tomber certaines admirations inconditionnelles qui n'allaient pas toujours sans quelque snobisme, telles mon anglomanie presque digne d'un cercleux de la Belle Époque ou ma ferveur pour les courses de taureaux, à laquelle n'étaient étrangers ni le prestige soleil et ombre dont l'Espagne a joui auprès des *happy few* avant d'être trop touristique, ni l'esprit dandy qui me poussait à m'affirmer servant de la noire beauté du tragique. Salissure plus cachée, longue entre toutes à s'effacer : cette mauvaise foi dont nombre des exaltations qui, à des titres divers, me semblaient procéder du meilleur de moi-même me sont peu à peu apparues entachées. Me donner (généralement sans risque) des espèces de spectacles dont j'aurais été le personnage central, me poser (par besoin d'alibi) en être d'exception soustrait aux règles communes, ces conduites biseautées sont entrées certainement pour une part dans les façons que, même mûri, j'ai eues d'agir, ou de ne pas agir, ou de faire semblant d'agir.

Si j'ai, rien que par le jeu de l'usure, perdu mon aptitude à l'enthousiasme en même temps que je me sentais à moitié privé d'existence par l'évanouissement de mes capacités viriles et que ma silhouette (jamais bien haute) se tassait, si des circonstances indépendantes de moi mais qui me touchent de près ont de surcroît contribué à rétrécir mon horizon, ne puis-je, en revanche, me flatter d'avoir acquis une vue plus juste des choses et de ne plus céder, par exemple, à des engouements politiques dont non sans récidives (la Chine après la Russie, Cuba après la Chine) j'ai mesuré petit à petit et chaque fois à regret combien nous en avions été dupes, moi-même et d'autres pour qui ces leurres avaient été des réponses au désir d'assigner un sens à la marche du monde et de découvrir des motifs d'espérance quelque part dans ce monde. Arrivé à un âge où les fenêtres se ferment à une cadence qui ne cesse de s'accélérer, je pourrais somme toute m'enorgueillir d'avoir bon an mal an progressé dans la voie de la lucidité et d'être, par ailleurs, devenu moins conformiste, moins naïvement soumis à telles idées en faveur dans le milieu intellectuel auquel j'ai commencé d'appartenir sitôt passé le seuil arbitraire de la majorité légale – en d'autres termes, me targuer d'être maintenant plus authentiquement moi-même que je ne l'ai jamais été.

Fameux parcours, donc, que j'aurai accompli, autant (suis-je en droit de penser) à la force du poignet que sous la pression des faits dont, quoiqu'il m'en coûtât, je n'ai pas plus éludé les leçons que je ne me suis dérobé, côté privé, à diverses démystifications... Mais y a-t-il sérieusement lieu de se féliciter d'être parvenu à une pareille table rase, si c'est pour finalement se trouver nez à nez avec soi, dans un vide autant dire total?

◇

L'étendue de plaine beauceronne vide et tranquille dont, tout à l'heure, un détail aperçu au loin (un assez long abri au toit presque blanc sous le frais soleil de fin d'hiver) m'a fait *voir* – par l'œil même, que captait en sourdine l'immobilité de cette construction – le silence incapable de se faire entendre pour affirmer qu'il existe.

◇

Quand, tout enfant, j'ai appris à lire je n'ai pas tardé à découvrir les plaisirs très grands et les enseignements non moins grands que procure la lecture : un monde jusqu'alors ignoré m'était ouvert, et c'était là une initiation plus qu'un apprentissage. Or quand, parallèlement, j'ai fait mes premiers pas dans l'écriture, j'étais loin de prévoir qu'écrire serait un jour pour moi, toutes questions de divertissement ou de connaissance mises à part, un moyen de vivre sur un autre mode, d'accéder aussitôt à quelque chose que je baptiserai *seconde vie* en reprenant sans vergogne l'expression que Nerval appliquait au rêve pour faire entendre que lui aussi il est réalité. C'est faute d'un terme plus apte à rendre compte que j'emploie cette expression, pour désigner l'état hors catégories dont j'ai fait dès longtemps l'expérience tonifiante mais auquel j'attache de plus en plus de prix à mesure que, minée par le temps, la réalité de ma vie s'affaiblit, à mesure aussi que, les réalités politiques s'enténébrant au point qu'il ne peut plus prétendre sérieusement faire jouer là ses lumières, l'écrivain n'a pas besoin d'être entiché d'« art pour l'art » ou de se juger voué à un sacerdoce exemptant de tout pour se trouver poussé au repli sur ce qui représente son activité propre, affaire de tour librement pris par la pensée plutôt que de contenu documentaire ou idéologique.

Que l'événement devienne écriture et que l'écriture, en revanche, ait quelle que soit la forme qu'elle revêt une valeur d'événement, n'est-ce pas, au terme de longs détours, à cela que je voudrais parvenir, mû tantôt par l'un tantôt par l'autre de ces deux désirs : tirer du réel l'imaginaire où je me sentirai vivre d'une autre vie, plus pleine que ne l'est ordinairement la première; infuser à l'imaginaire assez de réalité pour qu'il pèse d'un poids au moins égal à celui qu'a pour beaucoup de nous le rêve? Double mouvement, donc : l'un qui m'engage essentiellement à donner couleur poétique à ce que j'ai vécu; l'autre qui me porte, si ma construction – poésie pure – ne relève pas du récit, à faire en sorte qu'elle possède assez de véracité et de proximité pour solidement s'ancrer. Procédures distinctes, mais qui tout bien considéré témoignent, la sans guide-âne comme la narrative, d'une ambition réaliste, soit que je vise à transfigurer (sans la défigurer) une réalité ou que parfois je m'essaye à la bâtir de toutes pièces sans trop pécher contre la vraisemblance ni m'écarter de mon sentiment profond, soit que je cherche à douer d'une espèce de vie réelle (émouvante aussi fortement que moi j'en suis ému) l'impalpable qui, à l'origine, n'existait que nébuleusement, sur le plan des mots pas encore dûment ajustés ni même choisis.

J'aime assurément à lire, voir ou écouter une œuvre dans laquelle l'artifice semble avoir été dépassé et qui – à cause de l'émotion singulière que j'en ressens, à la fois touché en un point des plus secrets et soulevé, si je me fie à mon impression, par une douce houle que modèlerait le souffle de l'universel – m'apparaît comme faisant tomber sous le sens que l'homme peut – à l'inverse des autres bêtes, incapables de sortir de leurs rails – atteindre à cette seconde vie qui n'est pas une victoire sur la mort mais, tel un élan amoureux, une façon de vivre plus intensément en croyant mourir un peu (à tout le moins cesser d'exister à médiocre hauteur d'état civil). Toutefois, je ne serai comblé que si l'œuvre, éventuellement des plus modestes, émane directement de moi, produit non frelaté exprimant – d'où que je sois parti et à quelque ordre de réalité que je me sois attaché – ce que pour un temps trop limité je suis, et non réponse à mes goûts que le génie d'un autre veut bien m'apporter.

Sans doute est-ce pour cela qu'à la passivité de la lecture j'oppose l'écriture, nécessairement active et qui me tient tellement mieux en éveil que souvent, le soir, quand je sens mes yeux prêts à se fermer sur le livre à chaque minute plus distant, moins réel, dont je m'efforçais d'absorber la substance, je repousse la somnolence pour un laps appréciable en me mettant, plume en main, au travail.

Il me faut, cependant, admettre que l'écriture proprement littéraire, simple préalable à une lecture, n'est en vérité que très relativement plus « active » que celle-ci. Me rendre compte aussi qu'il est bien léger de s'affirmer réaliste quand on ne noue de liens qu'avec des réalités triées sur le volet (ou avec d'autres qui resteraient fantomatiques si elles n'étaient verbalement concrétisées) et quand, ne pouvant plus affronter la menace presque chaque jour plus obsédante des faits extérieurs, on décide de ne plus même y réfléchir et de rester dorénavant calfeutré dans sa tour d'ivoire, manière décente de se cacher la tête sous les draps.

◇

Comment, l'horreur du vide me poussant à tenter de combler à tout prix le gouffre de l'irrationnel, élucider cette phrase conçue un matin d'hiver peu avant le complet réveil : *...décrit (non dépeint) dans la barrière grand symbolisant les anciens.*

*Décrit* ou indiqué, comme pour mémoire, en traits sans chair. Mais non *dépeint,* portraituré de manière assez nourrie, assez pulpeuse pour que soit suscitée une présence.

Théâtre des opérations : l'objet ou figure énigmatiquement nommé qui représente – allusion guère moins fermée qu'un zéro, cœur ou nœud ni masculin ni féminin de la phrase sans queue ni tête – les *anciens :* la foule défunte des ancêtres et des aînés ou des cadets mis K.O. avant nous... Cet objet ou figure au profil trop peu dessiné : la *barrière grand* (bandière, lisière, frontière, peut-être clôture à clairevoie ou panneau divisé en cases que des effigies pourraient meubler) ici introduite en lieu et place de la « mère grand », philologiquement de même coupe et, hors de tout genre grammatical, synonyme de la mort qui fait pendant à la naissance et dont seule – aujourd'hui – me sépare une barrière transparente.

Sans doute est-ce sur cette limite douteuse que je me tiens quand, appuyant et prenant appui sur ma plume, je m'essaye à faire surgir du néant de la page, non un fantôme, mais l'épaisseur vivante d'une présence.

◇

Après s'être demandé, très jeune, comment il devait écrire (par où faire passer les mots, et quels mots, pour arriver à produire, poème ou prose, quelque chose qui ait autant de pouvoir qu'un chant) il se demanda ce qu'il devait écrire (qu'est-ce qui valait d'être communiqué). Plus tard, une question dont, d'abord, il ne s'était pas embarrassé se posa avec une cruelle précision : pour quelle raison écrire? Quand le monde se porte socialement si mal que la saine morale invite à tout braver (dangers immédiats et persécution) pour aider à l'asseoir sur d'autres bases, qu'est-ce que cela veut dire que travailler à donner un tour envoûtant à ce qu'on a dans la tête et qui, divulgué sans intention de prosélytisme, mais comme pure expression d'une sensibilité, ne pourra changer que peu à ce que contient la tête des autres? Et si, chance heureuse, on modifie légèrement ce contenu, qu'est-ce que cela changera pour le monde et pour vous? Au reste, quels autres exactement veulent bien vous écouter? Sont-ils des étrangers dont vous forcez les retranchements ou n'étaient-ils pas déjà si voisins que vous faire écouter revenait à enfoncer une porte ouverte? De surcroît, si vos prétentions vont plus profond que celles du baladin ou du maître d'école, autrement dit que simplement séduire ou enseigner, est-ce un authentique besoin de communion qui vous pousse à rédiger des textes et à les publier ou n'est-ce pas, plutôt, la louche envie de vous faire, à travers eux, l'objet d'une louche adhésion? Aussi, paralysé par ces doutes accumulés, en vint-il à ne plus écrire.

Certes, il n'y avait là rien de grave, écrire n'étant pas notre unique moyen d'échange. L'ennui est que, devant l'acte de parler, il se trouva un jour dans des perplexités analogues. Quelles formes employer pour énoncer, dans la note juste et sans risque de méprise, ce qu'il avait sur le bout de la langue? Mais savait-il vraiment ce qu'il y avait lieu d'énoncer et était-il sûr que cela valait d'être énoncé? Quel intérêt, d'ailleurs, avait le bavardage des autres et à quoi bon s'y associer en leur renvoyant la balle! Conversation : la plupart du temps, broutilles qu'on se passe et repasse comme des pièces de monnaie ou des marchandises qu'on troque. En face de l'autre, ne faut-il pas dire quelque chose, fût-ce pour faire voir qu'on est capable d'articuler et qu'à ce titre on existe mieux que les bêtes, les plantes et les pierres? Mais pourquoi, tout compte fait, tenir à montrer qu'on est un homme vivant? Le montrer donnerait-il un sens à ce qui, de toute façon, n'en a pas? Aussi, à force de vouloir ne parler qu'à bon escient, finit-il par se taire, sauf pour les nécessités de l'ordre du manger, du boire et du dormir. Inertie qui atteignit bientôt ce comble : faute de l'appui des mots à prononcer, ne plus mettre même intérieurement des idées bout à bout.

Lorsque du moins par la pensée l'on a suivi une pente de ce genre, revenir au point de départ et s'efforcer, par la pratique, de résoudre la question du *comment* écrire, n'est-ce pas essayer de se garer de la cascade vertigineuse qui, de *quoi* en *pourquoi*, vous fait dégringoler dans l'abîme où serpentent les plus venimeux points d'interrogation? Mais il serait absurde d'espérer s'en tirer par ce repli, car on ne peut soulever la question du *comment* sans que, du même coup, toutes les autres se lèvent.

◇

En son unicité diaprée, l'*Asperge* peinte par Édouard Manet notant et transfigurant n'apparaît pas plus vulgaire que – thème d'un autre tableau – la fleur qu'il a plantée dans un vase de cristal de forme étroite et haute (comme le verre porteur de deux roses devant la belle barmaid blonde du *Bar aux Folies-Bergère*) et dont la translucidité est celle d'une flûte à champagne telle qu'outre mainte demeure privée Tortoni, le célèbre café du boulevard dont l'artiste fut longtemps un habitué, en possédait sans doute.

De même, cailloux de la route, cuirs de cordonnier et pantalon militaire font démocratiquement partie de la panoplie de Stéphane Mallarmé où brillent, à côté d'éléments vivants et immédiatement sensuels, miroir, pièces diverses de décor, éventail et dés à jouer.

On dit de l'auteur d'*Olympia,* lui aussi révolutionnaire dans son art et capable d'extraire un bijou du motif le plus modeste, qu'il était un homme spirituel et de tournure élégante, mais dont sa vie sans grands cahots – hormis celui, final, de la maladie – fait un personnage certes distingué mais un peu effacé. Ne pourrait-on dire à peu près la même chose du poète son ami Stéphane Mallarmé, honnête professeur de lycée assez médiocrement noté, qui ne lançait guère ses fusées que sur le papier blanc – comme l'autre sur la toile – et, semble-t-il, ne se montrait oralement dans tout son éclat que lors des fameux mardis de la rue de Rome ou devant quelques familiers ?

◇

A main droite,
ma manie de manipuler,
démantibuler,
désaxer et malaxer les mots,
pour moi mamelles immémoriales,
que je tète en ahanant.

*Murmure barbare, en ma Babel,*
*tu me tiens saoul sous ta tutelle*
*et, bavard balourd, je balbutie.*

A main gauche,
mes machins,
mes zinzins,
mes zizanies,
les soucis (chichis et chinoiseries) qui me cherchent noise,
mes singeries, momeries et moraleries.

*Ô gagâchis qu'agacé j'ai sagacement jaugé et tout de go gommé,*
*jugeant superfétatoirement enquiquinant son chuchotis!*

Au milieu,
le mal mou qui me moud,
me mord,

me lime,
m'annule,
m'humilie
et que, miel amer, je mettrais méli-mélo à mille lieues mijoter,
mariner,
macérer.

*M'a-t-il dit que ce monde dément demande un démenti,*
*le démon qui m'enmantèle, m'enmêle et me démantèle?*

◇

Il est des conversations dans lesquelles il semblerait, vu leur contenu, que tout y a été dit, que rien n'a été omis de ce qui, en l'occasion, devait et pouvait être dit. Pourtant, il est fréquent qu'une telle conversation vous laisse sur votre soif : avide de communiquer, vous avez parlé avec toute la sincérité et toute l'intelligence dont vous étiez capable, votre interlocuteur faisant preuve, en retour, d'autant d'intelligence et de sincérité que celles qui marquaient vos propos; cependant il ne s'est rien passé, rien n'a passé, vous-même et vraisemblablement l'autre vous restez chacun sur votre quant-à-soi, même si vous étiez ou êtes tombés pleinement d'accord. Qu'a-t-il donc manqué pour que l'étincelle jaillisse et unisse les deux pôles? Peut-être est-ce le ton, l'accent, la modulation, ainsi que le menu geste ou le quasi imperceptible jeu de physionomie, bref un impondérable pesant plus que le poids du discours, peut-être est-ce cela qui, jusque dans la conversation la plus banale, peut faire sentir la connivence... Communiquer n'est pas un troc (affaire d'échange ou de donnant-donnant), mais se trouver au même diapason et avoir l'un sur l'autre — fût-ce en l'absence de tout grave débat ou de toute confidence digne de mémoire — un effet d'intime résonance.

◇

Odorer,
luire,
miroiter,
chatoyer,
se moirer,
avoir du goût,
vibrer,
résonner,
palpiter,
irradier,

quel verbe (à inventer) résumerait tous ces mots pour – empoignant et, unique, donnant force – désigner la vertu nécessaire à ces pages, voulues aussi parlantes qu'Olympia parée de son mince ruban noir ?

◇

L'œuvre la plus célèbre de ce grand attardé (ou, selon ses fervents, moderne pionnier) de la peinture de genre s'appelait *le Dogon en gondole*. Dans un décor vénitien – caractérisé par le pont du Rialto, dont la double pente surmontée de deux allègres séries d'arcades animait le fond du tableau – l'on y voyait un Noir africain assez grand semblait-il, assez maigre et à barbiche grisonnante mené par un gondolier. A ses pieds, un petit sac de voyage analogue à ceux dans lesquels ses congénères transportent la pacotille artistique qu'ils étalent ici et là sur les trottoirs des villes pour la proposer à la vente. Dans ses bras, cet objet qui par sa légèreté aérienne et sa hauteur (quelques mètres seulement, mais suggérant une hauteur de pyramide) aurait pu rivaliser avec les plus merveilleux palais : un masque du type « maison à étages », le plus spectaculaire sans doute de ceux que les Dogons utilisent pour leurs danses funéraires.

L'immense talent du peintre était reconnaissable à la façon dont il avait su jouer, pour la construction de son œuvre, de la ligne à brisure très obtuse tracée par le pont au dos très accentué et de la verticale fournie par la longue planche ajourée du masque tenu tout droit. Habile coloriste, il avait pris pour base d'une harmonie séduisante malgré son austérité les couleurs mêmes dont la « maison à étages » est traditionnellement revêtue : noir, blanc, rouge. Dans toutes les parties du tableau, on retrouvait ces trois couleurs, de sorte que c'est sous un ciel plombé (gris modulé) que l'artiste avait situé la scène et qu'il l'avait fait se dérouler sous un beau soleil couchant dont quelques rayons, perçant la couverture de nuages, posaient des reflets rougeoyants sur l'eau sombre du Grand Canal, entre les bâtiments, sobrement traités en noir et blanc comme s'il avait suffi de rappeler qu'ils étaient là, témoins inertes d'un grouillement humain dont on ne pouvait que soupçonner la bigarrure. Ni le jaune ni le bleu n'avaient été admis dans la gamme et la seule dissonance qui se manifestait était celle – minime mais émouvante – qu'introduisait la tunique terre de Sienne dont (pour le plus vif plaisir de l'œil) était vêtu le colporteur dogon, coiffé aussi d'une sorte de bonnet phrygien à peu près de même teinte indiqué magistralement par quelques coups de pinceaux des plus libres.

Si ce tableau monumental par sa structure quoique de petit format avait été effectivement exécuté et regardé par son auteur comme achevé, il aurait dû – tel est mon goût – être signé en rouge ou en blanc pur, sur l'un des flancs noirs de la gondole. Or, comme il est moins réel encore qu'un souvenir, il n'a pas à être signé, sinon peut-être de moi qui suis son inventeur et pourrais (comme tels artistes de notre époque qui donnent ainsi à entendre que l'œuvre est avant tout un document) faire suivre mes nom et prénom de la date abrégée de l'invention : *11-3-77*. Mais, assumant si expressément la responsabilité de cette toile fictive, ne devrais-je pas signaler qu'elle constitue implicitement un « Hommage à Raymond Roussel » puisque c'est à partir d'un jeu de mots – surgi tandis que je paressais chez le coiffeur lors d'une de nos brèves séances du vendredi matin – que, procédure identique à celle dont Roussel a dévoilé le secret dans un ouvrage conçu comme livre posthume, la composition du *Dogon en gondole* s'est faite ? Revenant à la date et à sa notation lapidaire (qui, plus parlante, m'a fait voir ce qu'autrement je n'aurais sans doute pas vu), je constate que le 77 d'il y a un siècle était l'année de la naissance de l'écrivain trop longtemps dédaigné et je découvre (chose plus singulière) que 11 multiplié par 3 conduit à travers 33 à 1933, date de sa mort probablement volontaire à Palerme, port italien comme la Venise chancelante dont l'un des sites les plus pittoresques apparaissait dans le tableau. Ainsi, le gondolier dont j'ai seulement relevé la présence, n'ayant à préciser un peu que pour spécifier le Dogon et situer la gondole – ce batelier indispensable mais que j'ai laissé dans l'ombre, comme si un tabou m'avait interdit de le montrer fût-ce en silhouette, prendrait figure sinistre de Nocher et ce serait, sans que je l'aie cherché, son plein sens d'instrument lié à des rites funèbres qu'aurait le masque, dont la ligne élégante du pont faisait ressortir la verticale.

C'est donc sans songer à autre chose qu'à rendre plus consistant ce qui existait sur le seul plan de la musique verbale que, l'année de son centenaire bien maigrement fêté, j'aurai rendu hommage à quelqu'un qui – autre coïncidence – est mort un 14 juillet, soit un 11 + 3 du mois numéro 7 (le 7 de ce 77 que l'addition des nombres correspondant à ses deux chiffres mue en le même 14 fatidique, alors que le 11 initial réduit à un unique 1 mène au mois numéro 1, le janvier de naissance); et j'observe que c'est, de surcroît, le seul souci de définir comme dogon mon personnage qui, m'amenant à le pourvoir d'une coiffure et d'un objet clairement illustratifs, m'a orienté vers le bonnet quasi phrygien et vers les trois couleurs (qui pourraient aisément être celles d'un drapeau), l'un et l'autre évocateurs de tout ce que notre fête du 14-Juillet prétend commémorer. Hasard objectif, c'est ce que – moins conscient de mon parti pris d'interprétation – je dirais volontiers, usant du vocabulaire de cet autre disparu, André Breton, qui n'a pas étudié comme moi la langue initiatique des Dogons, mais fut l'un des premiers à reconnaître le génie de l'auteur des *Impressions d'Afrique*.

Cependant ma dette à Raymond Roussel n'est pas la seule dont je doive m'acquitter. Il reste en effet que *le Dogon en gondole* aurait pu être le germe d'un texte très différent d'une description iconographique, si le souvenir d'un autre tableau imaginaire (celui-là relatif à la Commune de Paris) ne s'était réveillé quelque part en moi sans que j'en fusse le moins du monde averti, *la Belle Versaillaise,* sortie armée de pied en cap du cerveau de Pierre Klossovski, non seulement écrivain, mais dessinateur et peintre « de genre » qui, dans le genre curieusement érotisant dont je crois bien qu'il ne s'est jamais écarté, aurait pu s'il l'avait voulu donner forme et couleur à sa Versaillaise : perle dans l'huître des arcades que nacre au loin l'incendie des Tuileries, une capiteuse jeune dame molestée rue de Rivoli par deux représentants de la vindicte populaire. Mais moi je ne pouvais de ma main sans magie qu'écrire mon Dogon – eussé-je souhaité le doter d'un semblant de vie réelle en lui octroyant le statut d'image visible – et je devais même me garder de le dépeindre plus que par allusions et par touches assez vagues. Trop fouiller son portrait, chercher à le nourrir de détails attachants, cela ne m'eût-il pas entraîné à quelque fausse note dont un connaisseur chevronné de la région en cause aurait pu, à bon droit, se gausser ?

Enfin, tenant à ce qu'aucun des dessous de la scène vénitienne soit passé sous silence, j'ajoute que la barbiche poivre et sel du passager qu'on devinait tout muscles et tout nerfs et dont la tunique d'un brun chaud tranchait sur la noirceur de l'esquif était celle de mon ancien informateur dogon Ambara Dolo, revu après plus de trente ans quand il vint à Paris, emmené par une ethnologue avec qui il avait travaillé pendant de nombreuses années et qui voulait le faire soigner d'une mauvaise affection intéressant la poitrine. Lors de nos retrouvailles, Ambara Dolo – qui malgré les soins reçus n'a pas tardé à s'éteindre dans le village aux maisons à toits en terrasse dont il était l'un des notables – m'avait confié que, ses deux femmes lui ayant demandé à l'annonce du départ ce qu'à son âge il allait faire à Paris, il leur avait désinvoltement répondu : « On meurt partout. »

◇

« Il y a le magicien qui est revenu... Il va nous chercher des trésors... » déclare la directrice de l'école, en entrant dans la salle à manger de la pension où je suis descendu hier en fin d'après-midi, alors que le matin c'était la distribution des prix, ce dont l'école pavoisée et l'endimanchement de nombre des personnes que l'on croisait étaient l'attestation discrète. Pour trois jours je suis venu à Terre-de-Haut, l'une de ces îles proches de la Guadeloupe chrétiennement baptisées « les Saintes » et que peuplent des gens que d'aucuns regardent comme de souche en grande partie bretonne et qui, dans ces parages, étonnent presque tous par leur teint remarquablement clair. Non saintoise mais guadeloupéenne, la dame qui vient d'annoncer la bonne nouvelle et qui au repas de midi? avait déjà parlé d'un sourcier (ce même magicien peut-être) est une grosse femme bronzée, aux seins trop lourds et à la taille trop épaisse mais au visage assez beau, un peu oriental et encadré de deux larges anneaux d'or qui pendent à ses oreilles. Elle est accompagnée de sa marraine – vieille femme de couleur, passablement flétrie mais souriante et distinguée – et d'une toute jeune fille noire à l'air de gentille petite cruche, vêtue comme les deux autres d'une jolie robe légère appropriée au climat. Quant au magicien dont l'opulente Guadeloupéenne a signalé l'arrivée comme celle d'une notabilité, il se manifestera juste au moment du dîner : métropolitain de quelque quarante-cinq ou cinquante ans, grisonnant, portant beau et qui pérore sur deux îles que j'ai parcourues il y a peu au nord de la Guadeloupe, Saint-Barthélemy (qu'il dit très semblable aux Saintes, à juste titre s'il n'omettait de relever que l'île du Nord, peuplée de Normands restés presque sans mélange l'emporte de beaucoup sur celle du Sud, tout aussi compliquée et pittoresque de structure mais aux paysages moins amples et qui ne donne pas la même impression d'être dans de bizarres lointains), Saint-Martin (l'île mi-hollandaise mi-française où, comme notre commensal le fait observer après bien d'autres, les services publics sont tellement mieux organisés du côté hollandais que du côté français). Au cours de la conversation, j'apprendrai que ce phénix de table d'hôtes, ce magicien, dont l'aimable directrice qui est là depuis quatre ans et s'apprête à partir « en changement d'air » semblait saluer le retour comme un événement saisonnier, n'est autre qu'un illusionniste en tournée. Plus tard, je le saurai natif de Bourgogne, origine que son accent aurait pu suffire à me faire reconnaître.

Ces détails que ma mémoire ne parviendrait pas à me fournir, je les trouve dans le carnet numéro VII du journal de route que j'ai tenu pendant tout ce voyage (une mission dont l'Unesco m'avait chargé en 1952, pour enquêter sur l'état des relations entre les différentes catégories raciales en lesquelles se répartit la population des Antilles françaises). Non seulement mes notes, la plupart rédigées le soir et bouclant ma journée en la récapitulant, rapportent les entretiens que pour les besoins de cette enquête j'ai eus avec des gens de toutes couleurs et de conditions très diverses, mais toutes mes allées et venues, fussent-elles de plaisance pure. Ainsi, à Terre-de-Haut, je n'ai négligé ni les promenades qui à travers des prairies où paissaient quelques vaches me conduisaient à des découpures de la côte, ni — dans le bourg — mes stations Au Coq d'or, café qui possédait à son premier étage un billard et un balcon-terrasse où, quand j'étais las de courir ici et là, je pouvais boire tranquillement une bière (montée par Berthe, serveuse chlorotique à mine de campagnarde butée et un peu brute, très caboulot de marins sur la Manche ou la mer du Nord sauf que, fille des tropiques, elle travaillait pieds nus aux heures creuses) et, tout en me rafraîchissant sur le balcon qui dominait l'appontement, jouir du spectacle de la rue, toujours attrayant et parfois instructif. De même, je n'ai pas dédaigné de noter, touches d'exotisme, des détails de flore ou de faune remarqués à l'occasion de telles de mes sorties (par exemple, espèces de citrouilles vertes hérissées de piquants et surmontées d'un bulbe rouge violacé couvert lui aussi de piquants, les cactées dites « têtes d'Anglais » que je ne savais pas distinguer de celles qu'à Saint-Martin on nomme « bonnets d'évêque » ou encore, sur une plage, les crabes de terre qui, la plupart jaunes mais quelques-uns d'un bleu opalescent, émergeaient de leurs trous, pointant leurs deux petits yeux noirs, y rentraient, marchaient de côté, parfois très vite et dressés sur leurs pinces comme des danseuses qui font des pointes).

Tout ceci – et j'en suis mortifié – n'existe plus guère que par écrit. Je reprends, par exemple, ce que je disais de la servante Berthe, je le recopie presque mot pour mot, en me gardant du romantisme qui me pousserait à poétiser le modèle, mais ce n'est pas cela qui me permet de la revoir telle qu'elle était. La figure d'une autre servante – rencontrée au cours du même voyage mais je ne sais plus où, peut-être en Martinique, et, quant à elle, franchement tropicale de carnation – me revient de préférence à la sienne et l'éclipse à peu près totalement, bien que cette autre ait eu si peu de singularité que je ne suis même pas sûr que sa silhouette apparaisse dans l'un quelconque de mes carnets. Quoique, par son bagout, le magicien ait eu plus de relief, il n'échappe pas à cette désagrégation et je ne retrouve guère de lui que les notes dont il fut l'objet. L'image d'un visage glabre et d'un torse revêtu d'une chemise blanche aux manches courtes ou retroussées me revient seule, et je ne saurais jurer de sa parfaite exactitude.

Un paragraphe du carnet où mon tour aux Saintes est relaté (fragment d'un aide-mémoire où des choses enregistrées sur le vif ou peu s'en faut sont fixées comme dans un herbier et auquel je puis aujourd'hui me reporter, mais sans que mes notes cursives prennent vie à relecture et, sortant de leur froideur documentaire, m'aident autant que je le voudrais dans mes efforts pour positivement me remémorer) montre le magicien ramenant un lézard de facilement deux pieds de long qu'il a blessé à mort d'un coup de petit pistolet du calibre six millimètres, puis résume l'entretien que j'eus avec ce Tartarin et un jeune Blanc guadeloupéen, probablement peu fortuné, qui travaillait à Basse-Terre. Comme l'avait dit la directrice de l'école, le magicien – excité peut-être par les récits relatifs à la flibuste et au passé mouvementé des Antilles – s'adonne à la chasse aux trésors et il emploie à cet effet, nous confie-t-il, un appareil américain qui détecte les métaux, mais sans donner aucune indication quantitative, et peut fort bien vous amener à exhumer, en fait de trésor, un boulon ou une vieille boîte à sardines. A propos de son métier – sur quoi je l'interroge, curieux de savoir ce qu'un professionnel peut en dire – l'illusionniste affirme que c'est, essentiellement, une affaire de « psychologie » et il cite ensuite des sommités qui, selon lui, ont fait partie de la société des prestidigitateurs : le président Édouard Herriot, le professeur Locart (de Lyon) ainsi qu'un évêque qui, missionnaire, a utilisé ses talents pour se faire bien voir des populations du Gabon, mais a dû à ce sujet fournir des explications au Saint-Siège.

Le lendemain 14 juillet – date que je lis dans mon carnet, mais que ne suit nulle allusion à de particulières festivités – j'ouvris ma journée avec un bain de mer, pris dès mon lever à la baie du Marigot, sur une plage absolument déserte et entièrement bordée de mancenilliers, ces arbres que la légende veut si dangereux à cause du suc corrosif qu'ils exsudent. Avant d'atteindre un grand étang probablement salin, vaste surface à peu près ronde de couleur jaunâtre et piquetée de touffes d'herbe, j'avais laissé sur ma droite, dans un creux, un étang beaucoup plus petit, clôturé celui-ci et pourvu Dieu sait pourquoi d'un tourniquet d'entrée (moyen peut-être, j'y songe en me relisant, de n'interdire qu'au bétail l'accès de ce petit étang). Si opaque apparaissait le manteau de plantes et de fleurs aquatiques dont il était couvert, que cela m'avait fait songer à la mort d'Ophélie, imprégné que j'étais du souvenir que j'avais gardé de l'île de Saint-Barthélemy, naguère scandinave et dont l'agglomération principale s'appelle encore Gustavia, souvenir hamlétisant que tout naturellement je projetais sur les Saintes, Pont-Aven des Tropiques ou Tahiti paimpolais (comme les qualifie mon compte rendu, littéraire pour une fois). Seconde marche et second bain, ce coup-ci dans une anse qui devait, présumais-je, faire partie de la baie de Pont-Pierre – nom qui pour moi n'est plus aujourd'hui qu'un nom – et où je me plongeai dans l'eau afin d'éviter les atteintes d'un grain qui eût trempé mes vêtements, dont il valait mieux me défaire pour les mettre à l'abri (les nichant au fond d'une barque). Marche dans un sens opposé – vers l'anse Coquelet – et coup d'œil sur un chantier purement artisanal où l'on construit des bateaux, puis au retour, près de la gendarmerie qui n'est pas pavoisée, rencontre d'un petit fonctionnaire en retraite vu l'avant-veille chez le curé; coiffé d'un large chapeau genre indochinois (sorte d'épaisse galette de vannerie enveloppée de toile blanche, comme en portent ici quelques hommes et quelques femmes) ce gros vieux mulâtre, qui déjà l'autre jour gémissait sur l'immoralité où sont tombés les Saintois, déplore l'absence de drapeaux, parlant au milieu d'un groupe de pêcheurs qui, de toute évidence s'en fichent éperdument. Troisième sortie un peu plus tard, en compagnie de l'illusionniste, de M. Boulogne, le jeune Blanc d'hier, et d'un nommé de Beaupré, importateur barbu et lunetté qui ne cache pas qu'il préfère aux commerçants de Pointe-à-Pitre ceux de la vieille Basse-Terre, moins fantaisistes dans leurs prix. Désœuvré, et ne voulant pas avoir l'air de snober ces frères de race, j'ai accepté de monter avec eux jusqu'au Fort Napoléon, que j'ai visité dans la matinée de la veille, muni d'une clé que j'avais dû demander à la gendarmerie et franchissant un pont-levis avant de suivre le large corridor voûté qui conduit à l'entrée, fermée par une lourde porte. Le chemin de ronde – que hantent, outre de nombreux lézards et de beaucoup plus rares iguanes, de gros oiseaux qui s'envolent parfois avec un brusque bruit d'ailes qui fait peur – se prête à un tour d'horizon assez large pour que l'œil du promeneur puisse se poser sur des beautés très diverses (anses, îles, promontoires, etc., plus un pré à donner envie d'y brouter et le grand étang à peine séparé de la mer).

C'est en fin de journée – à six heures, selon ces notes maintenant si peu parlantes qu'elles me semblent presque recenser des choses qu'un autre aurait vécues ou recueillies – que doit avoir lieu, au cinéma-dancing, la séance de l'illusionniste Freddy Reys, à laquelle je lui ai dit que je ne manquerais pas d'assister. A déjeuner, il a fait encore une fois étalage de sa connaissance des Antilles, m'assurant – il le sait d'expérience – que les Martiniquaises sont plus têtues que les Guadeloupéennes. Comme je le fais habituellement pour les propos qui me sont tenus en dehors même de toute interview, j'enregistrerai celui-ci non en tant qu'information à laquelle je devrais ajouter foi, mais en tant qu'opinion parmi d'autres susceptibles de m'éclairer sur des états d'esprit, à quelque catégorie de couleur, de standing économique ou d'origine qu'appartiennent ceux ou celles qui en témoignent.

De la séance qui (proverbiale inexactitude antillaise, bien que le promoteur en fût un métropolitain) commença avec une heure de retard, je n'ai rien consigné qui me permette, à quelque vingt-cinq ans de distance, d'avoir idée de ce qu'en fut, techniquement, le contenu. En vérité, je ne pense pas que le programme ait comporté des merveilles à laisser pantois et que les tours de sa vedette unique aient été plus que d'adroites et astucieuses manipulations. Sans doute aurait-il fallu à mon commensal de ces quelques jours des moyens financiers supérieurs à ceux dont apparemment il disposait, pour présenter des tours à grand effet, demandant une certaine mise en scène.

A défaut d'en imposer par des capacités confondantes comme on était en droit de l'escompter, Freddy Reys fit preuve d'un indéniable abattage. Vrai maître-jacques de son *one man's show,* il avait d'abord tout fait : perçu les entrées, casé son public qui tint à peine dans la petite salle miteuse, établi le silence, comme si avant d'occuper à lui seul la scène, il avait été à la fois tenancier de la caisse, ouvreuse et gardien de l'ordre. A un certain moment de son numéro, qui se déroulait devant un parterre décidément remuant, ce fin psychologue jugea bon, pour obtenir le calme, d'engueuler carrément les gens, n'hésitant pas à les traiter de « sauvages » et à leur déclarer, point culminant de sa courte diatribe, qu'il s'était cru en Guadeloupe, en France, et non dans un pays sauvage. Sur-le-champ, les gens ne parurent pas broncher, mais après la séance, alors que l'assistance était en train de se disperser, j'entendis plusieurs personnes protester, chose bien naturelle, contre les paroles qu'un malappris leur avait adressées.

Une pluie diluvienne, qui pendant le spectacle avait commencé de tomber, persista lors de la sortie et nous fûmes quelques-uns à nous réfugier dans un minuscule hangar, où se trouvaient deux chèvres qui bêlaient à qui mieux mieux, effrayées par l'orage. C'est alors que me vint aux oreilles (ceci resté vivant autant que l'incident trivial qui devait une fois pour toutes faire perdre la face à mon compagnon de rencontre) la véhémente discussion de deux ou trois hommes de couleur, que d'après leur allure fruste et leur vêture j'estimai être des pêcheurs. Discussion qui n'en était pas une car, contrairement à ce que la virulence du ton pouvait faire croire, ils s'accordaient pour regarder le magicien comme quelqu'un qui s'était moqué du monde et dont les tours n'étaient que des duperies. « Tout ça, c'est des trucs ! » disait, si ma mémoire est fidèle, l'un des participants de cet apparent « babillage » (en langue du cru, grande dispute avec force discours et gesticulations). Ignorant tout de l'art de l'illusionnisme – créer des illusions dont le spectateur se plaît à être consciemment la dupe –, ces philistins, venus pour voir un magicien, s'indignaient de n'avoir vu qu'un mauvais plaisant dont tout le travail reposait sur de subtiles manœuvres propres à berner les gens. Plus coriaces que les Gabonais soi-disant amadoués par une prestidigitation prise pour de la magie, ils regimbaient, eux esprits forts, contre une magie présumée qui s'avérait prestidigitation et n'était donc qu'imposture.

Moi-même, qui revis le lendemain matin seulement le bateleur incompris, car il ne vint pas dîner à la pension où son couvert, comme lors du déjeuner, avait été mis à ma table, je constate que ma façon de penser n'était pas très éloignée de celle des deux ou trois contestataires que le protagoniste de la séance avait déçus – et sans doute n'étaient-ils pas les seuls – parce qu'ils avaient attendu de lui beaucoup plus que ce qu'on peut logiquement attendre d'un membre de sa corporation. Rentrant à Basse-Terre comme j'en étais venu, à bord de *la Belle Saintoise,* modeste voilier à moteur qui les mardis et vendredis desservait Terre-de-Haut et sa jumelle Terre-de-Bas en transportant passagers, courrier et cargaisons variées, je vis – au beau milieu du canal des Saintes, bras de mer où tangage et roulis étaient la norme – le pauvre Freddy Reys, sur ce même rafiot bourré notamment de caisses de bouteilles vides de bière ou de limonade dont la pâle Berthe avait apporté une part lors de l'embarquement, s'accroupir soudain et vomir à pleine bouche, avec assez de correction (je lui rends cette justice) pour n'asperger aucun de ses voisins. Pas très loin, deux hommes de couleur considéraient la scène en se tordant de rire. Quant à moi, cet incident me surprit plus que de raison : je n'exigeais certes pas d'un illusionniste qu'il fût un magicien, mais j'avais le sentiment profond que son déconcertant savoir-faire situait suffisamment hors du commun l'homme qui l'avait acquis pour que – tel le héros oint du sang du dragon et devenu invulnérable – il fût immunisé contre le mal de mer. Tandis que dans le présent cas l'intéressé n'en avait même pas escamoté, grâce à quelque tour de passe-passe, les résultats humiliants...

MEA CULPA :

Une note de Raymond Queneau, retrouvée et publiée dans un bulletin consacré à sa mémoire, relate comment il entendit les spectateurs d'un music-hall parisien tempêter, aux cris de « Chiqué, chiqué », contre un illusionniste qui s'apprêtait à scier en deux une femme enfermée dans un cercueil.

Ce témoignage – dont je n'ai eu connaissance que longtemps après avoir rédigé mon propre témoignage concernant des pêcheurs saintois – me montre qu'ils n'avaient pas le monopole du genre d'aveuglement dénoncé par Queneau. Peut-être ai-je été entraîné par un peu de racisme inconscient en parlant d'eux comme si, aux Antilles, certains étaient capables de plus de naïveté que n'en saurait manifester un public de la métropole?

◇

Dernier obstacle à la nudité totale, compte non tenu du bijou au poignet et des mules déjà prêtes à quitter les pieds : le ruban de cou – presque ficelle – dont le nœud, aussi pimpant que celui qui scelle un paquet renfermant un cadeau, forme au-dessus de la fastueuse offrande des deux seins une double boucle apparemment facile à défaire rien qu'en tirant un bout.

Plutôt qu'un ornement, cette babiole, qui peut-être n'était pour Manet qu'un noir au dessin capricieux tranchant sur la blancheur du nu, est pour nous le détail sans nécessité qui accroche et fait qu'*Olympia* existe.

De même, l'objet qui, corps étranger adjoint au corps vivant dont il renforce la présence, fait bander le fétichiste.

◇

A regarder, l'autre jour rue de Flandre, ces deux énormes immeubles dont chacun à partir d'une certaine hauteur va en s'évasant et surplombant (château d'eau en entonnoir, donjon aux mâchicoulis démesurément hypertrophiés, poupe fortement saillante et abondamment fenestrée de voilier du temps des grands corsaires, tromblon braqué contre le ciel, trompette de Jéricho dressée pour le faire crouler), je sentais qu'une euphorie me dilatait moi aussi : mouvement d'ascension et d'élargissement – cœur montgolfière, poumons ailes déployées – très différent de celui dans lequel vous lancent les hautes casernes à parois verticales dont la vue, au lieu de vous libérer, vous donne le sentiment d'être prisonnier d'un faisceau de parallèles d'une roideur implacable.

Bien que la rue de Flandre soit assez éloignée de chez moi, il se peut que j'aille revoir ces deux immeubles devant lesquels je n'ai fait que passer et dont, juste un instant, j'ai admiré la majesté. Assurément, ma description tout impulsive y gagnerait en rigueur...

Mais il est à parier que je ne retrouverais pas mon impression première et que j'irais même jusqu'à me demander comment pareil spectacle a pu à tel point m'exalter ! Ne cherchant pas à m'ériger en critique de la production architecturale moderne – fût-ce pour marquer, une fois n'est pas coutume, mon accord – je ne retournerai pas à cette rue animée encore mais où rien n'évoque l'opulence que l'industrie drapière valut jadis à plusieurs villes des Flandres.

◇

Qu'est-ce que, pratiquement, je poursuis ?

– La combinaison de mots, phrases, séquences, etc., que je suis seul à pouvoir bricoler et qui – dans ma vie pareille, comme toute autre, à une île où les conditions d'existence ne cessent d'empirer – serait mon vade-mecum de naufragé, me tenant lieu de tout ce qui permet à Robinson de subsister : caisse d'outils, Bible, voire Vendredi (si je dois finir dans une solitude à laquelle je n'aurai pas le cœur d'apporter le catégorique remède).

... Ou plutôt ce qui me fascine, c'est moins le résultat, et le secours qu'en principe j'en attends, que ce bricolage même dont le but affiché n'est tout compte fait qu'un prétexte. Au point exact où les choses en sont au-dedans comme au-dehors de moi, quoi d'autre que ce *hobby* pourrait m'empêcher de devenir un Robinson qui, travaux nourriciers expédiés, ne ferait plus que se laisser glisser vers le sommeil, sans même regarder la mer ?

◇

Par le voyage (vivre dans d'autres lieux que celui auquel nous sommes accoutumés comme un bovin l'est à son pâturage),

par le noctambulisme (qui, mettant la nuit à la place du jour, bouleverse les temps et crée une sorte de monde à l'envers),

par l'alcool ou tout autre ingrédient (dont la consommation nous exalte et nous sort de nous-même),

par tel spectacle si captivant qu'on s'y projette tout entier,

par quelque pratique, quelque aventure ou quelque sortilège que ce soit qui arrache à l'ornière, il est de bonne hygiène de se dépayser. Le fil ainsi rompu, tout se passe comme si, grâce à un bain de sensations et d'idées qui ne nous sont pas familières, notre esprit, décapé, retrouvait les pouvoirs dont la rouille du quotidien l'avait peu à peu dépossédé.

Bien entendu, rien ne s'oppose à ce que, n'usant que des moyens du bord, nous découvrions en nous une matière à exotisme et que, sans quitter notre cadre courant ni remuer même le petit doigt, nous explorions des contrées trop éloignées et trop incertaines pour n'être pas riches en surprises. Ce dont il faut pourtant se rendre compte, c'est qu'il est sûrement moins difficile de laisser les circonstances vous bousculer et amener, du moins pour un temps, votre imagination à une flambée nouvelle, que de procéder – durerait-elle à peine plus qu'un éclair – à cette révolution interne sans que rien qui s'écarte de l'ordinaire vous aide, toute somnolence dissipée, à prendre votre élan.

◇

Fendant la double file des immenses édifices étagés en tuyaux d'orgue très divers de hauteur, de forme et de matière, les grandes avenues toutes droites que baigne la tendre lumière de la belle saison un peu moite s'enfoncent à perte de vue, coupées perpendiculairement par de moindres artères et si longues, dirait-on, que pour les suivre jusqu'au point extraordinairement éloigné où se clôt la perspective il faudrait avoir toute une vie devant soi. Voies new-yorkaises à l'image ambiguë de l'avenir, pour l'œil étrave.

◇

Au musée de Philadelphie, les yeux collés à la paire de trous percés dans la porte rustique masquant le montage de Marcel Duchamp, *Étant donnés : 1° la chute d'eau, 2° le gaz d'éclairage,* j'ai vu – désir qui me taquinait depuis longtemps – la fausse femme nue qui, porteuse d'une lampe rappelant les becs Auer d'antan, apparaît voluptueusement étendue dans un paysage printanier dont le caractère photographique et l'absolue banalité de couleur accentuent la gêne engendrée déjà chez le spectateur par son mode polisson de découverte.

Ce n'est pas, ici, un ruban noir serrant le cou mais un détail singulier, le vrai luminaire tenu de la main gauche, qui confère une présence désarmante à ce mannequin grandeur nature dont ni tête ni pieds ne sont montrés, puisque soustraits au regard par la partie intacte de la muraille dégradée à travers quoi le spectacle se présente. Figure, donc, doublement tronquée et qui, fragmentaire comme un torse gisant dans un champ de ruines, est ainsi affirmée objet de pure adoration physique.

A mon grand dam, j'ai eu beau scruter, je n'ai pas décelé la chute d'eau qui, paraît-il, scintille – assez lointaine – dans un coin du décor essentiellement végétal.

◇

Après plus d'une entière journée d'orage – ciel en démolition, eau à seaux, grognements constants d'un tonnerre entêté – à ces heures bouchées succédant avec à peine de courts répits d'autres longues heures de temps pourri, le soleil, d'un seul coup de pinceau, raviva les couleurs des palais majestueux et des maisons délabrées de Rome, chairs mortes que perçait ici et là l'ossature éburnéenne des ruines. Mais il ne put recrépir mon humeur, détériorée presque jusqu'à l'effondrement par ma redécouverte de cette ville devenue aussi pauvrement éclairée le soir que (selon maintes mises en garde) peu sûre même en plein midi, cité mémorable qui, en cette première quinzaine d'octobre 1980, ne me disait littéralement plus rien sauf son bruit, son désordre, l'indiscrétion de ses travaux rafistoleurs de monuments et la trivialité de ses rassemblements touristiques, alors que dans sa luminosité d'autrefois elle avait apporté des réponses si justement éloquentes à mes appels anxieux.

Mauvaise grâce, pourtant, que d'en vouloir à une ville de n'être plus ce que vous aviez vu et que d'ignorer ses beaux restes, quand elle n'est qu'un des miroirs où se reflète votre propre flétrissement!

◇

Quels aromates au pouvoir précis et aux effluves grisants pourraient garder une fraîcheur à ce que j'enveloppe dans mes lignes moins rubans que bandelettes, embaumeur d'un pharaon sans autre royaume que le papyrus d'où est absent tout relief?

◇

Écrire à la main plutôt qu'à la machine pour que ce soit cette main – l'une des parties de notre corps que nous sentons à nous le plus immédiatement – qui sans intermédiaire autre que le stylographe (moins indiscret qu'un clavier, car simple appendice des doigts) façonne lettre par lettre les lignes et s'y accroche, comme si chacune d'elles et chacun même des signes tracés devait être, d'une part, affirmation directe de vie (autant que le graffito ou marque quelconque indiquant notre présence là, un jour) et, d'autre part, perche saisie, en pleine conscience musculaire de l'accomplissement de ce geste, pour échapper à la noyade.

Malgré l'effort pour *bien écrire* (dire de façon aussi pénétrante et aussi convaincante qu'il se peut, en suscitant un envoûtement), cette écriture encore toute fraîche nous paraît tenir du rêve éveillé plus que de la littérature. Pourtant, une mutation se produira quand – après l'étape de la copie dactylographiée, anonyme déjà et de l'autre côté bien qu'appelée à être corrigée à la main comme, autre étape, le seront les épreuves – le manuscrit, passant du domaine privé au domaine public, sera devenu texte imprimé, engoncé dans la régularité des caractères et habillé comme il sied pour l'envoi à qui de droit et la vente chez les libraires. De sorte que cette suite de pages, vitale pour nous et donc sans prix, s'avère finalement banal article de commerce : plus gros mais géométriquement de même famille que le morceau de sucre et la boîte d'allumettes, un sec volume broché aux feuillets massicotés, dernier avatar de ce qu'hier encore on était tout près de se représenter environné d'éclairs comme des Tables de la Loi.

Pris au jeu, l'on n'aimerait pas que le livre, caillou lancé, ne fasse nul rond dans l'eau. Mais, quelque accueil qu'il trouve, l'aventure sera close et le charme rompu. Alors, sous peine de sombrer, il n'y aura plus, reprenant stylo et papier, qu'à essayer de recommencer.

S'éprendre de l'art d'écrire et, fasciné, manier l'écriture en oubliant qu'avant d'être un recours pour soi elle est un moyen de clarifier et de faire partager, n'est-ce pas s'enfermer dans ce cercle?

◇

Ruban au cou d'Olympia, les lignes que j'écris noir sur blanc devraient, à tout instant, susciter une présence. Toutefois, la difficulté pour moi n'est pas tellement celle-là : moins circonscrit, le problème – qui n'est pas que d'expression – serait plutôt d'attraper, comme avec un lasso venant les enserrer au bon endroit, les choses qui me seront assez présentes pour que je puisse, les communiquant, faire sentir leur présence.

Jouant en premier lieu, au stade de la capture et non à celui du harnachement, le lasso – c'est évident – a le pas sur le ruban.

Et n'est-ce pas toujours quelque chose de *sauvage* (brut, nu, intouché, voire rétif) que ce lasso doit prendre au-dehors comme au-dedans de moi?

◇

Quand – croyant avec ce mot-là posséder la clef de la question – je parle de « présence » à propos d'une œuvre d'art, est-ce que je tiens, sinon l'explication, du moins le vrai critère ? Ou n'est-ce pas simplement quand je constate que cette chose, fruit d'une imagination travaillant sur des matériaux originellement dégrossis par l'expérience commune (formes, couleurs, volumes dans les arts visuels, sons et rythmes dans la musique, langue dans la littérature), quand je constate que cette œuvre, humainement fabriquée à tous les niveaux mais dont l'action est pourtant un mystère, atteint à une réalité qui non seulement excède pour moi celle des matériaux en elle transmués, mais m'apparaît plus forte que celle de la plupart des réalités ambiantes ? Échappant au ghetto de l'imaginaire, elle fait alors sentir intensément qu'elle existe et c'est à part entière qu'elle prend place dans la vie, au lieu de ne répondre qu'à un jeu qui – même brillant – reste fermé sur lui-même.

On peut penser sa vie sous la forme d'un roman ou d'une symphonie, mais plus difficilement sous celle d'une partie d'échecs ou d'un match de rugby. Et même s'il advient qu'on assimile à un coup de poker tel acte qu'on accomplit, ce ne sera qu'une image : passionnante en principe, l'idéale partie de poker à laquelle vous vous référez demeurera élément abstrait de comparaison et, n'intervenant que par ce biais, n'aura pas en vous la résonance charnelle d'une œuvre qui semble vous révéler un peu de vous-même et vous touche suffisamment pour qu'en maintes conjonctures ultérieures son souvenir, reprenant souffle et chaleur, vous fasse mentalement escorte. En d'autres termes, à la différence des jeux et des sports, l'art est un langage, qui dit plus et va plus loin que ce qui, objectivement, est dit. Langage dont les exemples les plus saisissants se montrent, dans l'immédiat, présents irrécusablement et, à plus longue échéance, ne laisseront pas de vous hanter et de garder ainsi une manière de présence, quand sera passé le choc initial. Langage d'autant plus *actif* que vous le découvrez plus *actuel,* proche de votre état du moment et en accord manifeste avec ce qu'est le monde où présentement vous vivez ce moment – langage doué alors d'une modernité qui n'est pas simple affaire de mode et ne procède ni d'un culte naïf du Progrès, ni d'une démangeaison avant-gardiste, mais est le fait des œuvres qui, passant par-dessus tout ce qui nous sépare du cœur même de notre existence telle qu'elle est concrètement vécue, viennent à point pour nous mettre en quelque sorte au pied du mur de notre réalité, qui n'a de corps qu'au présent. Œuvres qui, émouvantes et enseignantes entre toutes, peuvent – les musées en fournissent des preuves – dater d'un autre temps mais n'en être pas moins « modernes » à un haut degré, en ce sens qu'elles paraissent en prise assez directe sur la réalité de ce temps-là pour que ce temps, qui ne relève que de l'histoire ou tout au plus gît endormi dans notre mémoire, nous semble aussi réel, aussi présent, que si nous étions unis à lui par une relation sans distance.

S'affirmer fortement présent à son propre temps, peut-être est-ce la condition première pour qu'un artiste, d'hier ou d'aujourd'hui, nous émerveille en nous imprégnant de l'idée qu'aussi distinct qu'il soit de nous il va exactement du pas dont nous allons (ou devrions aller) et, toutes considérations personnelles mises à part, nous impose ce sentiment aigu de pertinence que tant de nos contemporains sont impuissants à nous donner? Pour quiconque se livre à l'une de ces activités parentes moins du jeu que de la magie – puisqu'elles tendent à créer une hypnose chez ceux qui en regardent, lisent ou écoutent les produits – il serait donc relativement facile de savoir quelle est en gros la marche à suivre, s'il n'y avait bien des façons diverses, et souvent des moins évidentes, de s'affirmer *présent à son temps* et s'il n'était, de surcroît, à peu près impossible de discerner (pour qui n'est pas le classique habitant de Sirius niché dans son observatoire) ce qu'est véritablement ce temps où se heurtent des vagues aux orientations différentes. Et, comble d'embarras, s'il n'était à craindre que de telles activités, jusqu'aux plus dédaigneuses du compromis et aux plus révolutionnaires, ne soient qu'aimables survivances d'un autre âge au regard de la révolte sans phrases à quoi appelle le temps présent.

◇

*Suis-je*
*arbre effeuillé,*
*vin éventé,*
*roi détrôné,*
*animal nu,*
*vague sans écume,*
*marbre que ne veinent plus ses rêves usés?*

◇

Anxieuse (semble-t-il) de ce que sa patronne va dire ou faire et la couvant d'un regard qui, à lui seul, donnerait à croire que cette Olympia, dont les prunelles braquées vers le spectateur paraissent indifférentes à tout ce qu'elles pourraient voir, n'est faite que pour être regardée, la sombre soubrette serait-elle l'unique être que le tableau, sans double fond en apparence mais chargé de mystère, montre animé d'un sentiment définissable ?

Dans son orbe, en effet, ne se trouvent qu'une froide beauté qui, insoucieuse du bouquet à elle offert comme à une Salomé le chef de l'anachorète, a l'air d'être là exclusivement pour être là, dans l'absolu de sa présence, et qu'une bête – le chat – dont les pensées, masquées plus qu'exprimées par ses yeux fixes, échappent au point que l'on a peine à concevoir qu'il a bien quelque obscure idée en tête, fût-ce la moins articulable.

◇

L'instant qui vous réconcilie sans que rien n'ait paru l'y préposer, ce n'est pas au présent que l'on connaît sa couleur mais au passé, dans le coup d'œil rétrospectif qui vous met – lucide – en sa présence.

Ce qu'il faudrait : abolir cet écart et parvenir à une simultanéité éclair-tonnerre de foudre tombant à vos pieds.

Écriture au présent (ou qui se veut au présent), la poésie – sans narrer – fait sentir la présence de quelque chose qui vous fut présent ou – moins encore récit – ne parle de nul événement autre que son propre avènement. Or, langage, elle se fonde sur un passé : les mots qui existaient avant et qui, pétris par leurs longues aventures, traînent avec eux une masse de sédiments de sens et, conjugués à d'autres mots par le jeu des assonances, remuent en nous de proche en proche tout un bagage de sensations et de sentiments anciens. Aussi, même fulgurante, est-elle vouée de naissance à l'anachronisme.

Serait-ce de cette contradiction, assumée mais non résolue, entre la nouveauté de la construction et la vétusté des matériaux – soit entre le traitement imprévu que l'inventeur leur fait subir et les relents nostalgiques dont ils restent chargés – qu'un texte poétique peut tirer sa force ?

◇

*Entre cuir et chair,*
*entre chien et loup,*
*entre deux eaux,*
*entre deux feux.*

◇

A l'époque lointaine où – guidé par quelqu'un qui pour une part aura modelé ma vie, car sans son exemple et son appui je n'aurais pas travaillé dans le musée d'ethnologie où je travaille encore bien que l'atmosphère s'y soit passablement alourdie, quelqu'un qui pouvait grâce à la diversité de ses dons promener sa maigre silhouette d'anachorète ou de funambule un peu partout, chez les plus sérieux comme chez les plus frivoles, et qui, lié à la pléiade obscure d'artistes et d'écrivains dans laquelle je me rangeais alors, en était devenu pour ainsi dire le barnum – je fis quelques timides apparitions dans ce qu'on nomme le « monde » (appellation curieuse puisqu'elle semble impliquer que l'univers se réduit au cercle social ainsi désigné, milieu étroit encore que mal délimité, nul critère précis ne permettant d'en tracer les frontières), je m'étonnais chaque fois de la façon dont la formule banale « Comment allez-vous ? » était prononcée par celles et ceux qui paraissaient donner le ton.

S'abstenant d'opérer la liaison que la bonne règle impose entre la dernière syllabe de l'adverbe (que l'orthographe pourvoit d'un *t* final) et la première du verbe (en l'espèce la voyelle *a*), ils omettaient le *t* et, faisant suivre le premier mot d'une pause infinitésimale, articulaient le second comme s'il s'était ouvert sur un *h* légèrement aspiré – bref employaient une formule qu'empiriquement l'on aurait pu transcrire, non « Comment » à quoi « tallez-vous » s'enchaîne sans hiatus, mais « Commen(t)-hallez-vous ». Assurément la courtoisie pouvait y être pour quelque chose (mieux détailler la phrase afin qu'elle ne semble pas trop machinale). Mais quel moyen meilleur d'affirmer que l'on appartient à une classe privilégiée que d'adopter, du moins en certains cas, une sorte d'accent qui, non commun, peut passer pour étranger sans qu'on puisse pour autant y reconnaître celui de quelque autre pays ou de quelque terroir!

Depuis lors – je le dis sans regret comme sans la moindre fierté, n'ayant guère de préjugés à cet égard et pensant même que dans le domaine des arts le snobisme, encore que moutonnier et trop superficiel pour s'exercer avec discernement, peut aider à la diffusion de nouvelles valeurs, non sans quelque efficacité bien que parfois au prix d'un pourrissement – j'ai vécu trop éloigné de toute mondanité pour savoir si cette façon d'éliminer une liaison attendue par le philistin n'était qu'une mode, voire l'apanage d'une coterie, ou si son usage a persisté. J'ai émis ou entendu une quantité de « Comment allez-vous » sans songer une seconde à la manière dont mon interlocuteur ou moi nous les prononcions, et sans attacher quelque importance que ce soit à cette question si conventionnelle que c'est surprendre un peu et presque manquer de savoir-vivre que d'y répondre autrement que par quelque chose du genre « Merci, très bien, et vous? » à moins que, plus paresseusement encore, on ne se borne à renvoyer la question.

Or, il y a un ou deux ans déjà sinon plus, j'ai remarqué que quand, dans l'établissement public où l'on a eu la bonne grâce de me laisser disposer de mon bureau bien que j'aie dépassé depuis assez longtemps l'âge de la retraite, un collègue ou un autre membre du personnel me demande comment je vais, c'est sur un ton assez particulier qu'il le fait. Non qu'il affecte un accent qui le distinguerait de l'ordinaire et participerait d'un argot propre aux gens les plus huppés, mais en ayant l'air – telle est du moins l'impression peut-être fantasmatique que j'en ressens – de me poser une véritable question au lieu d'énoncer, quasi mécaniquement, ce « Comment allez-vous » qui n'est pas plus un élément de conversation qu'un bonjour ou un bonsoir. Je suis certes sensible à la gentillesse de l'intonation, mais un peu gêné aussi et, oserai-je dire, vaguement offensé en même temps que déconcerté : malgré ce que je vois (sans doute illusoirement) dans les miroirs, suis-je maintenant si décrépit qu'il serait naturel que je me porte mal et qu'il y ait donc lieu, pour quiconque en principe s'intéresse le moins du monde à ma personne, de m'aborder en m'interrogeant positivement, et non par application distraite d'un protocole, sur mon état de santé ? Jusqu'à présent, j'ai toujours pu répondre – à peu d'exceptions près – d'une façon assez rassurante pour que la conversation n'ait pas à s'engager sur ce thème. Mais combien de temps est-ce que cela durera ? Peut-être viendra-t-il un jour où l'on me dira « Au revoir » avec une nuance de doute inquiet, comme si se revoir était une éventualité que mon ancienneté suffirait à rendre problématique ?

◇

Beaucoup plus court et plus mince que les lourdes péniches souvent stationnées sur ce bras parisien de Seine, ce chaland – sans coquetterie mais sûrement de plaisance sinon par vocation du moins quant au présent usage – resta plusieurs jours amarré, pavillon britannique en poupe, sous nos fenêtres équipées en écrans protecteurs contre le bruit de la circulation, ici franchement outrancier. Trois jeunes hommes l'occupaient, que l'on voyait flâner en chandail bleu foncé ou autre tenue sans façons, tantôt sur le pont que rien (pas même du linge en train de sécher) n'encombrait, tantôt sur la berge, dans les parages immédiats de l'engin nautique si peu yacht devant lequel, parfois, des promeneurs ou promeneuses s'arrêtaient pour simplement regarder ou pour un bout de causette, sans doute en français ou en anglais pire que basique, avec l'un des probables vacanciers amis des fleuves et des canaux. Une fois je vis l'un de ces trois, apparemment seul sur le bateau, exécuter mains dans les poches une petite danse qui me parut être une gigue, typiquement marine et, pouvait-on croire, destinée moins à se réchauffer qu'à donner ce qui aurait été la juste note, s'il y avait eu mise en scène calculée.

Quand, n'apercevant plus en bordure du quai que domine notre quatrième étage ce chaland et la motocyclette légère qui le flanquait, nous sûmes qu'il était parti avec ses trois habitants, nous en fûmes presque chagrinés, car désormais il nous manquerait, contagieuse, une charmante image d'insouciance et de bonheur.

◇

ATTENTION ! DANGER !

Pour un écrivain qui comme moi depuis longtemps se dirait volontiers « réaliste », n'est-ce pas une illusion risible que de se croire les pieds sur terre, bien ancrés dans le réel, quand sa quête de réalités n'en retient que d'assez piquantes pour exercer un charme et incliner à oublier qu'elles ne sont que des cas particuliers, fort éloignés de rendre plus acceptable la masse entière de la réalité ? Ces réalités attachantes dont je me plais à triturer le souvenir et qui constituent pour moi de jolis matériaux ne sont, en fait, que des endormeuses : aimables diversions, elles désamorcent bien plus ma crainte du trop vrai qu'elles ne sont de nature à authentiquement me réconcilier avec le magma de sottise et de souffrance qu'est le monde où je vis. Montrant patte blanche, ce sont là des réalités de luxe, élitaires, comparables à ces pauvres convenablement choisis pour qu'en une cérémonie édifiante le pape leur lave les pieds ou à ces condamnés politiquement assez bon teint pour être touchés par le décret d'amnistie.

Qu'on me croie sur parole : quand je transcris, je transcris aussi fidèlement que possible. Mais au fond je diffère peu, dans une bonne part de mon travail d'aujourd'hui, de ces artistes académiques qui ne peignaient ou sculptaient que d'après de *beaux* modèles et, probablement, j'ai quelque chose aussi du matador avisé qui n'admet d'autres adversaires que ceux, faits sur mesures, qui lui permettront d'exécuter sans grand risque d'élégantes figures.

Difficile de ne pas faire la fine bouche et de se jeter franchement à l'eau, pour moi qui écris moins pour regarder le mal en face et dessiller les yeux d'autrui que pour me délivrer de mon enfer personnel et, affamé d'euphorie, cherche pardessus tout à faire flamber quelques allumettes afin d'échapper à ma terreur d'enfant mis au cabinet noir!

◇

RÉALITÉS COURTISANES STOP TRISTES OU GAIES MAIS POÉTIQUEMENT MANIPULABLES STOP AUTRES RÉALITÉS INGRATES À LAISSER LÀ STOP AUTRES ENCORE PEAUX DE VACHE À TOUCHER PAS MÊME AVEC PINCETTES STOP SOUPIRE APRÈS RÉALITÉS ASSEZ BONNES FILLES POUR PRENDRE LANGUE AVEC ET FAIRE AMOUR

◇

Aussi curieux qu'on soit de tout ce qui se fait ou s'écrit ou se dit, il vient toujours un moment – si l'on vit assez – où l'on sent qu'on ne colle plus à son époque. Naguère, vous étiez dans le coup ou du moins vous en aviez l'illusion. Maintenant, vous constatez que, dans le domaine qui pourtant peut être tenu pour le vôtre, bien des choses probablement dignes d'attention se produisent sans vous, et parfois même sans que vous y compreniez goutte. Conclusion devant laquelle vous ne laissez pas de renâcler mais qu'à votre corps défendant il vous faudra, un beau jour, en tirer : vous avez perdu les pédales.

Ne plus coller à son époque, c'est ne plus être dans la vie, c'est être déjà dans la mort. A défaut de « coller à l'époque », il faudrait du moins connaître au mieux – quitte à les réprouver – les courants qui se font jour, réaliser (en se mettant à leur place) ce qui se passe dans la tête de vos successeurs face à leur situation distincte de ce que fut la vôtre, savoir interpréter les changements de la mode et ceux qui affectent les mœurs, tâcher de voir quels sont les grands ressorts de la marche actuelle des événements... Beau programme, mais vaste à décourager le sociologue le moins conscient de ses limites !

Pour saisir plus immédiatement le sens de ce qui se fait ou se défait autour de moi, pour appréhender ce « moderne » qui peut fort bien être là – renouveau manifeste – mais m'échapper ou me sembler répondre à un pourrissement dans la mesure où je ne suis plus à même d'y adhérer, j'aimerais pouvoir – servi par l'intuition faute d'avoir le temps, et même l'envie, d'examiner par le menu tout ce que contient cette époque – dégager ce qui serait à cette portion du siècle ce qu'est le ruban grâce auquel Olympia apparaît plus nue : le trait ou le détail de civilisation qui ferait image et (pièce à conviction, symptôme, empreinte dénonciatrice) caractériserait l'époque présente et marquerait finement qu'elle est cette *époque-ci,* phase particulière de l'aventure humaine, phase douée de sa vérité propre, fût-elle la plus déroutante pour moi !

◇

Sans doute est-ce au célèbre pétomane dont le numéro d'un goût fâcheux avait eu un gros succès vers la fin du siècle qui venait de s'écouler, que cet ami de mon père songeait lorsqu'il parlait de « symphonie postérieure » (ou peut-être « variations » suivi de la même épithète) à propos d'un assez long motif exécuté au basson dans la *Salomé* de Richard Strauss, créée depuis peu à Paris. Pour moi, qu'on avait emmené à une représentation de ce drame lyrique probablement sans savoir combien il convenait mal à mon jeune âge, ce n'était rien de scatologique qu'évoquaient les modulations du basson. J'y voyais seulement – comme dans toute la musique de cette œuvre déjà singulière en ce qu'avec son acte unique elle s'écartait des usages du grand opéra – l'expression de quelque chose que j'aurais eu bien du mal à définir si je m'y étais attaché et qui, par son charme bizarre, éloignait fortement l'œuvre en cause de toutes celles que je connaissais, moi qu'on avait initié très tôt aux fastes de notre Académie nationale de Musique. Quelque chose que, plus soucieux d'analyse et possesseur d'un vocabulaire plus nourri et mieux fourni, j'aurais pu appeler « modernisme », sachant par ce qui s'en disait autour de moi que *Salomé* était une œuvre « moderne », un produit non seulement de notre époque mais que sa nouveauté même dotait d'une originalité.

Un monde très différent de celui que lecture et théâtre, jusqu'alors, m'avaient permis d'aborder m'était révélé par l'adaptation (fidèle, je m'en suis rendu compte plus tard) de la pièce écrite en français par Oscar Wilde, histoire qui met en scène, outre l'espèce d'almée, de houri ou de bayadère juive dont la vue excite jusqu'à la souffrance les convoitises masculines, un Hérode que je prenais à tort pour celui du massacre des innocents et un Yokanaan dont je n'ignorais pas qu'il était notre saint Jean-Baptiste désigné par son nom hébraïque (m'aiguillant moins vers Chanaan que vers des cailloux qu'on casse quand il frappe imaginairement mon oreille d'aujourd'hui). Histoire qui, par son thème, s'apparente à beaucoup de celles que relatent les Écritures mais, par l'esprit dans lequel elle est traitée, en diverge scandaleusement : couleur d'Orient imbibé de magie et précieuses touches archaïsantes, dont étaient dépourvus les récits édifiants que j'avais lus ou entendu raconter; atmosphère chaude et trouble, alourdie par l'ébriété qui attise le désir incestueux d'Hérode et par le délire érotique qui s'emparera de la fille d'Hérodias quand la tête de l'incarcéré qu'elle a tenté vainement de séduire lui aura été remise; cruauté, qui semble avoir été expressément choisie comme note dominante de l'action, centrée sur la décollation du saint mais comportant aussi le coup de glaive meurtrier que s'inflige, presque d'entrée, un adorateur de la princesse puis, juste au baisser du rideau, la barbare mise à mort de celle-ci, écrasée comme une bête venimeuse sous les boucliers des soldats. Triple dérèglement donc, puisqu'il y a tout à la fois intrusion quasi sacrilège de l'exotisme dans un épisode relevant de la même honnête hagiographie que maintes images de piété où l'excès de pittoresque semblerait déplacé, appel non dissimulé à une sensualité des plus louches, recours sadique à la fascination du sang versé. De plus, c'était une musique aux dissonances puissantes, chargée d'étranges effluves, qui commentait ce drame dont le texte – d'abord livret d'opéra ne se prêtant que globalement à ma saisie – me toucherait ultérieurement par la façon dont s'y allient la dureté de la trame et, luxe insolent, la somptuosité baroque de la teneur. Gauchissement, distorsion, perversion corsant le plaisir qu'une œuvre d'art peut donner : voilà quels sont – me semble-t-il après les nombreuses années durant lesquelles une manière de décantation s'est opérée – les termes les moins trompeurs (encore que très imprécis) que je puisse employer pour caractériser la forme sous laquelle m'est venue, teintée d'une pourpre aux reflets inquiétants, ma première impression de *modernité,* alors sentiment flou, inapte à passer au niveau même le plus élémentaire de la théorie. Sentiment que ne me donna nullement, bien qu'il s'écartât lui aussi de ce qui me paraissait la norme en ce domaine, un autre opéra moderne vu dans les mêmes conditions : *les Joyaux de la Madone* de l'Italien Ermanno Wolf-Ferrari, œuvre vériste dont, outre le thème du vol impie des joyaux, j'ai seulement retenu qu'on y voyait au premier acte, dans un décor représentant une trattoria, le baryton français Vanni Marcoux costumé en maquereau napolitain – moustache en crocs, pantalon à pattes d'éléphant et melon gris, je crois – chanter à pleine voix après avoir avalé, sans supercherie possible, une grosse assiettée de nouilles ou de spaghetti, performance qui témoignait d'un estimable souci de réalisme en même temps que d'une certaine aisance vocale, mais ne prêtait pas plus à rêver que la musique (assez conventionnelle, il me semble) de cet opéra qui, à ma connaissance, n'a pas laissé de traces bien notables dans l'histoire du théâtre lyrique.

Ce n'est donc pas avec ce fait divers assurément pittoresque mais de faible envergure, c'est avec *Salomé,* continent neuf pour mon entourage presque autant que pour moi, que j'ai fait cette découverte : les prestiges de la modernité – d'une modernité qui bien sûr était celle de l'époque et, aujourd'hui, appellerait plutôt un mot tel que « kitsch » ou « rétro » (car la fine fleur qui, typiquement moderne en d'autres temps, pouvait en ces temps-là être regardée comme le dernier cri, est vouée par nature à particulièrement se démoder et à devenir objet de l'inclination un peu vicieuse, mi-ironique mi-sensiblarde qui porte vers ce qui, démodé sans avoir encore acquis la noblesse de l'antiquaille, attire en raison même de son côté désuet, buffet de la salle à manger de notre enfance, parure féminine contemporaine de nos premières amours, auto dont les formes naguère fonctionnelles semblent maintenant absurdement stylisées. Toutefois, trop innocent quand j'avais autant dire par accident bu le philtre de *Salomé,* je ne m'étais pas aperçu qu'une porte s'était entrebâillée sur quelque chose d'important et l'émotion complexe que j'avais ressentie sans pouvoir ni vouloir en démêler les composants n'éveilla en moi – à peine adolescent et acceptant yeux fermés les opinions artistiques et littéraires de mes parents – aucune envie d'élargir, sur ce plan, mon horizon. Pour que la chose moderne m'inspire, comme telle, de l'enthousiasme ou tout au moins de la curiosité, il fallut que je sois devenu un jeune homme, avide de respirer un air qui serait le sien et porté à rejeter, au profit d'autres goûts, ceux que l'éducation reçue de ses père et mère lui avait inculqués.

Tel un pendant de mes acquis dans le domaine tabou du sexe et comme si mon acheminement vers la pratique de l'amour avait eu pour corollaire ou pour contrepartie une intimité plus grande avec l'idée de la mort – amour et mort étant naturellement appariés à la façon de deux couleurs complémentaires structurant l'existence comme un tableau, liés aussi par les usages (et peut-être est-ce cela qui m'appâtait alors) en tant que choses dont il est scandaleux, obscène presque également dans les deux cas, de parler sans y mettre des gants –, le macabre, au seuil de mon adolescence, avait exercé sur moi une séduction de mauvais aloi, subie de manière non seulement plus consciente mais plus voulue et, dirai-je, plus coupable que le trouble attrait de *Salomé,* ce drame d'amour et de mort qui naguère m'avait si fort impressionné. Un macabre qu'entre autres révélations esthétiques le poème de Baudelaire *la Charogne* m'avait donné à goûter et dont seuls (puis-je dire dans ma langue de maintenant) des esprits affranchis des préjugés, autrement dit « modernes », me semblaient à même d'apprécier la saveur dépourvue de suavité. Esquissée, sauf erreur, par mon frère aîné (qui se destinait alors aux arts décoratifs, vocation dont le détourna le mariage qui devait faire de lui un homme de banque et le plus moutonnier des pères de famille nombreuse), une image à la Félicien Rops – un nu féminin brutalement confronté avec une tête aux orbites vides et aux dents sarcastiquement découvertes – me semble, souvenir ou fantasme, occuper, de même que telles illustrations du thème mélodramatique de la mascarade gaiement bariolée qui soudain vire au tragique, une place de choix dans la zone suspecte où, à distance de presque toute une vie, je vois cohabiter maintes choses qui flattèrent ma sensibilité en me parlant de la mort, les unes expressément, les autres à mots couverts. Zone marginale dans laquelle ce que j'imaginais des orgies salle de garde ou quat'z'arts, héritières triviales des festins byroniens où l'on boit du punch dans des crânes, et ce que je connaissais tant de la littérature d'épouvante d'Edgar Poe que d'écrits réalistes tels que les chansons d'Aristide Bruant, à relents de sang sur le trottoir et de guillotine, voire des poèmes misérabilistes de Jehan Rictus hantés par la menace de la mort de faim ou de froid, côtoient, d'une part, les atroces inventions chinoises conçues par Octave Mirbeau pour *le Jardin des supplices* (livre qui longtemps me fut interdit) et, d'autre part, le comique sec et grinçant, presque funèbre, des *eccentrics* anglo-saxons qui, plus actuels et plus vrais que les clowns et augustes des cirques de ma prime enfance, se produisaient dans des décors généralement bébêtes et aux tons poussiéreux sur la scène du music-hall l'Alhambra, salle vieillotte proche de la place de la République (exactement rue de Malte) et que rien n'apparentait ni de près ni de loin à la Grenade arabe.

Quand, des hauteurs que j'ai atteintes dans ce que les démographes nomment la pyramide des âges, je regarde ce goût que j'eus du macabre pendant un certain temps, c'est comme l'effet d'une maladie infantile qu'il m'apparaît : trop jeune pour me sentir au pied du mur, ne tenais-je pas à me montrer assez dégourdi pour coqueter avec la mort et, au mépris des convenances, trouver du charme à ce qui en a l'odeur ? Or ce n'est pas le gamin dont les minces libertés qu'il prenait ainsi avec les conventions bourgeoises faisaient peut-être contrepoids à son innocence même, mais un jeune homme avide d'élégance, associant à ses allures sportives mal justifiées des soins faciaux quasi féminins, s'adonnant avec ferveur aux danses importées d'outre-Atlantique, anglicisant par ses cigarettes et (autant qu'il le pouvait) par son habillement, aimant les breuvages capiteux que débitent les bars américains et appréciant les mets fortement relevés, un jeune homme auquel depuis peu l'amour avait ouvert ses plages, qui, au seuil des heureuses années 20, découvrit cette fine fleur de l'esprit expressément moderne que, partie snobisme et partie authentique besoin de s'ouvrir de nouveaux domaines, il désirait faire sien : musique, peinture et poésie d'avant-garde, alors en réaction contre le genre fin de siècle, ses déliquescences spleenétiques et son penchant à une perversité de façade.

Mû par l'envie de participer, ne fût-ce qu'en témoin, à l'aventure dont ces trois branches de l'imaginaire étaient le lieu depuis les années d'avant-guerre et par le souci de trouver quelque beauté dans une science laborantine comme la chimie, qu'inconsidérément j'avais choisie pour futur terrain professionnel, alors que c'étaient des études « classiques » que j'avais faites et non de ces études dites « modernes » parce que mathématiques et sciences physiques y tiennent plus de place et, dans la perspective scientiste qui date du siècle dernier, représentent, comme servantes du Progrès plutôt que de la tradition, le moderne par excellence, je souscrivis – solution chèvre et chou – à l'esthétique prêchée par la revue *l'Esprit nouveau :* un modernisme technologisant qui, bouche bée devant les progrès matériels que le siècle encore jeune voyait s'accomplir, faisait une part du lion à la raison conquérante, et cherchait son image de marque dans l'admiration des machines et autres réalisations industrielles récentes, qui n'étaient pas sans illustrer spectaculairement l'époque mais ne la caractérisaient qu'en surface; un modernisme gonflé de lui-même et fier d'apporter, en prônant l'art des ingénieurs, sa quote-part au magnifique essor que cette guerre qu'on pensait devoir être la dernière avait accéléré plutôt que ralenti mais, toutes choses égales, aussi candide que l'auraient été en leur temps des modernismes exaltant donjons et armures, ou palais et carrosses, comme des indices sublimes de la capacité d'invention du génie humain. Sans doute est-ce cette phase-là de mon long débat avec les idées en matière de création qui, aujourd'hui, m'est la plus étrangère et elle fut, d'ailleurs, si brève que je puis considérer qu'elle ne représente guère plus qu'un faux départ. Il me semble, quand je m'y reporte, que c'était se montrer bien simplet et se bercer d'illusions que de faire fond sur ce « Progrès » devenu objet opportun de confiance, voire de dévotion, quand il avait fallu boucher, à l'aide de cette croyance en une autre instance providentielle, le trou d'absurdité creusé par l'effritement de la foi en un dieu tout-puissant et la dégradation des pouvoirs souverains qu'un consensus populaire avait longtemps revêtu d'un caractère presque sacré. Le Progrès, divinité laïque qui de nos jours chancelle sous le poids même de l'excès de technicité et sur l'action bénéfique de laquelle les révolutionnaires sont les premiers à ne pas compter puisque, pour optimiste que soit leur pari sur l'avenir, ils procèdent comme s'il était exclu de parvenir à un mieux sans brutalement forcer le cours naturel des choses.

Ne plus croire au Progrès comme à un Père Noël, ne plus penser qu'après de longs balbutiements viendront nécessairement des temps meilleurs et que ma vie, associée à une marche ascendante a donc un peu de sens malgré sa brièveté, douter du bien-fondé de la Révolution (prix bien lourd à payer pour des acquis point forcément tels qu'on doive négliger les pertes concomitantes), s'il est probable que j'ai fait là un vrai progrès en matière de jugement, comment dire dans quel à vau-l'eau cette désagrégation d'idées, qui lentement m'étaient devenues des appuis sans que j'en eusse conscience, plonge mes dernières années, en me privant non seulement d'une raison d'espérer mais d'un précieux axe de référence! En somme, me voilà revenu – verdeur et capacité d'enthousiasme en moins, désenchantement et scepticisme en plus, aggravés par la crainte et le dégoût devant la violence qui fait tache d'huile – à l'époque de jeunesse inquiète où, moins ébaubi maintenant face à tout ce qui portait couleur « moderne », et respirant mal dans ce monde dont sans regarder plus loin je retenais que ses lois nous condamnent à vieillir puis à mourir (anxiété qui pesa bientôt jusque sur mes joies d'amant rivé à un objet unique et senti périssable) je ne trouvais de palliatif que là où l'imaginaire joue à plein : conjointe à ce qui donnait forme chantée ou imagée à mes sentiments profonds, la transfiguration ou la dislocation fictives de cet habitacle oppressant, à travers la poésie et l'art tels que de prodigieux et tout neufs spécimens m'en étaient offerts par ceux qui (Apollinaire et Picasso entre autres) m'apparaissaient comme des pionniers, si ce n'est des prophètes. Sous des dehors frivoles, jeunesse songeuse, qu'un vague amateurisme ne pouvait contenter et que tourmenta bientôt, démon de l'encrier, mon envie de pratiquer par écrit une magie qui, fondée sur mes propres élans, serait la seule apte à m'exalter pleinement; jeunesse dont pourtant, quand je mesure l'ampleur de mon actuel désarroi, j'estime que le remède en question, employé d'instinct et pas encore exténué par mon excès de réflexion à son sujet, la rendit tout compte fait heureuse, bien qu'en ces temps plus faciles elle s'octroyât le luxe de penser le contraire.

Non plus la modernité (miroir aux alouettes pour ceux qui, craignant de se montrer anachroniques comme si c'était faire preuve de lenteur d'esprit, se voudraient les vivantes illustrations de ce que leur époque a proprement de plus vivant mais ne sont généralement que des snobs habiles à prendre vite le vent et donc, en fait, des retardataires marchant sur les talons de ceux qui se moquent d'être ou non des modernes mais sont en posture authentique d'éclaireurs), non plus la *modernité,* déité trompeuse car ce n'est que plus tard qu'on a quelque chance de discerner ce qui représentait l'extrême pointe d'une époque, mais une *éternité* – quelque chose qui donne la sensation criante d'être ailleurs que dans le temporel –, voilà ce que, dépassé le souci d'être « à la mode », je cherchai désormais dans cette poésie et cet art où le temps et l'espace, ossature du monde, me semblaient n'être ceux ni de l'horloge ni du mètre mais répondre à la vue que nous aurions de ce monde si, éventualité fabuleuse à laquelle je ne croyais pas, la mort nous libérait de notre carcan de finitude. *Modernité, éternité :* ce n'est pas simplement un goût esthète de l'assonance, voire du jeu de mots, qui me pousse à établir un parallèle entre ces deux notions, je crois qu'en fait il n'est pas de plus justes noms pour désigner les deux pôles entre lesquels j'ai oscillé jusqu'à ce qu'ils finissent par à peu près se confondre ou, du moins, se superposer. Coïncidence nullement paradoxale si l'on admet, comme je le fais maintenant, qu'une œuvre novatrice ou non quant à sa forme mais qui semble exprimer avec acuité l'esprit propre à son époque (marquer, en allant plus profond que les seuls dehors, qu'il s'agit de cette époque-ci, morte éventuellement mais vivante pour ceux qui la vivaient et porteuse comme la nôtre de son pas-encore-vu) est non seulement moderne par définition mais touche à l'éternel, comptant parmi celles qui ont le plus de chance de pérennité (rester en dépit du temps intensément *présentes*) grâce précisément à la façon aussitôt convaincante dont s'y trouve saisie et fixée, odeur du siècle, cette chose que Baudelaire, appliquant surtout aux prestiges fragiles de la mode ce mot qu'il dotait d'une couleur neuve, a nommé « modernité » dans les temps où son cadet Manet dessinait son profil (à haut-de-forme ceinturé d'un large ruban et cheveux débordant sur la nuque) et qui, bien qu'une telle notion n'ait cours que depuis peu, n'est l'apanage d'aucun âge particulier, pas plus atomique que de pierre, la préhistoire elle-même n'ayant guère pu changer (au paléolithique succédant le néolithique) sans vivre à sa manière ses querelles des Anciens et des Modernes. Si l'on admet en outre (réflexion à laquelle me conduit l'orientation qu'ont prises peu à peu mes préférences, à moi qui tout jeune ai honni le réalisme comme si, trop plat pour me permettre de dominer ma condition d'individu mortel, il avait été plutôt de nature à me fourrer le nez dans mon caca), si – laissant de côté la musique, qui a son incomparable vertu de philtre mais ne met la réalité en cause qu'à l'occasion et, sinon par le biais de la parole chantée ou psalmodiée, n'use pas de l'outil quotidien qu'est le langage – l'on admet que l'impression d'actualité, de pertinence totales dont, son thème serait-il le plus banal, une pareille œuvre nous pénètre engendre cette singulière illusion : que, rencontre avec une réalité localisable et datable à travers l'inopiné de sa transcription, la fictive mais irrécusable mise en présence d'un présent (ou de ce qui fut un présent) nous projette, arrachés à l'habituelle coulée au moins un instant par cette découverte, hors du temporel ainsi mystifié (battu sur son propre terrain, vaincu par ses propres armes, pris à son propre piège, etc.). Certes, pour un écrivain ou un artiste, il est aussi absurde de se vouloir moderne que de se prétendre classique, puisque ce n'est que rétrospectivement, en tenant compte de ce qu'aura été le développement historique, qu'on pourra dire qui était authentiquement moderne à une certaine époque (qui, dans le domaine limité mais significatif des arts et lettres, faisait la nouveauté profonde de cette époque et la définissait par rapport à celles d'avant et celles d'après), se pouvant du reste que le « moderne » d'alors, s'il fait école, soit promu ultérieurement « classique ». Mais cet écrivain ou artiste tombe-t-il dans un modernisme de pacotille s'il tient à ce que le produit de son travail moins de copiste ou d'interprète que de créateur, s'affirme fenêtre ouverte sur aujourd'hui pour un esprit d'aujourd'hui et, l'irruption du réel immédiat y donnant corps à l'imaginaire, prenne pour qui le considère autant d'évidence – ou de vie – qu'un événement ayant lieu sous ses yeux ici et en ce moment même – bref que, nous parlant d'aujourd'hui en un parler d'aujourd'hui, ce résultat d'un artifice soit doué, laideur et beauté renvoyées dos à dos, de cette *présence* qui, énigmatiquement, fait qu'une œuvre (sentie comme une réalité vous atteignant sans détour et exactement à votre heure) s'impose à vous aussitôt et semble vous concerner directement, ouvrage que son inertie d'image ou d'agrégat de mots écrits n'empêche pas d'engager maint spectateur ou lecteur dans une espèce d'inoubliable expérience sur le vif, tout le reste provisoirement éclipsé?

Écrire, fond et forme, parfaitement « moderne » non pour (emboîtant le pas) se mettre au goût du jour ou (éclaireur présumé) devancer ambitieusement ce goût, mais pour être vrai – parler, hors de toute nuée folklorique ou exotique, de manière strictement adéquate à ce qui, en ce temps auquel j'appartiens, est le cadre de ma vie mentale aussi bien que physique – et avoir ainsi plus de chances de parvenir à la présence, à la communication annulatrice de toute distance... A ce programme je ne vois pas qu'on puisse trouver à redire, sauf peut-être qu'il y a de nos jours quelque niaiserie à s'inquiéter de modernité, s'agissant de littérature ou d'art tout aussi bien, peindre, sculpter ou écrire apparaissant comme des activités trop anodines pour n'être pas anachroniques en cette époque de violence épidémique dont une arme telle que la mitraillette serait un symbole plus approprié que la plume, le pinceau ou le ciseau, instruments sans véritable mordant de quelque façon qu'on les manie et, du reste, moins bien faits pour celui qui se propose de rénover positivement *(changer la vie* au lieu de seulement véhiculer un *frisson nouveau)* que pour celui qui se borne à refléter passivement le monde pris là où il en est. La mitraillette, visiblement « moderne » avec sa netteté d'engin d'acier bien astiqué et luisant de graisse par endroits... Mais encore faudrait-il, pour qu'elle soit mieux que pétoire pour bandits à chapeaux d'astrologues, que la victoire soit au bout et ne soit pas une duperie. Est-il toutefois raisonnable de faire jouer (comme, pris par le mot, je m'y suis laissé entraîner) la notion baudelairienne de modernité ailleurs que dans son domaine d'origine, qui est celui de l'esthétique? L'élément fugace, contingent, auquel elle se réfère est en effet, selon les vues exposées dans *l'Art romantique,* un ingrédient de la beauté, qui comporte assurément une part d'éternel mais, réduite à cela, ne serait qu'une abstraction morte. Actions modernes s'il en est, regarder la télévision, travailler à la chaîne, aller en voiture à la campagne pour le week-end, faire en toute liberté l'amour hétéro ou homo, fumer de la marijuana, briser hardiment avec les routines en se promenant dans la lune ou en luttant arme perfectionnée en main contre la tyrannie n'ont, en elles-mêmes, qu'un rapport des plus ténus avec la modernité, affaire non de matérialité des faits mais d'impression que, subjectivement, l'on en reçoit, fût-ce au seul titre de contemporain à l'œil ouvert et à l'oreille attentive. Qui plus est, il est fréquent que cette modernité changeante par définition et dont l'essence elle-même est difficile à saisir, loin d'être axée sur tels aspects de la vie moderne comme on pourrait s'y attendre, soit tournée vers un archaïsme (ainsi la vogue des prénoms romains pendant la Révolution française, le préraphaélisme et ses idéalités en pleine période d'essor industriel, le goût du « primitivisme » chez maints artistes du début de ce siècle, l'antiquité style idole de bois taillé d'une œuvre naguère scandaleuse comme *le Sacre du printemps,* dont les dissonances apparemment barbares furent la grande découverte musicale de mes vingt ans assoiffés d'inédit, exemples auxquels j'ose à peine ajouter, tant il est dérisoire, l'actuel engouement de certains pour le « rétro », vrai égarement car, s'il est normal de s'enticher du « moderne » et de faire cas de la mode, c'est une affreuse sophistication que d'aimer une chose pour la seule raison qu'elle est le moderne d'hier aujourd'hui démodé).

Non pas qualité propre à des faits objectifs (aussi bien traits les plus voyants, et pour ainsi dire caricaturaux, de ce qu'est « en dernière heure » ce monde notre contemporain, que mouvements sociaux qui le travaillent en sourdine ou aux pleins feux d'actes révolutionnaires visant à liquider un passé que les plus turbulents réprouvent), non pas attribut de réalités positives relevant de la sociologie ou de l'histoire mais bien plutôt affaire de sensibilité, d'angle artiste sous lequel on voit le présent pour au besoin aller chercher beauté et jeunesse ailleurs, en somme question d'état d'esprit, celui du moins dont semblent témoigner les plus attentifs et qui, effluve du temps qui court, aura plus tard chance d'être reconnu – dans la forme extérieure qu'il aura prise – comme s'étant situé à la proue et ayant répondu, promesse d'avenir, à une étape marquée dans le cheminement des idées, ainsi pourrait-on circonscrire l'aire hors de laquelle cette notion de modernité n'a plus aucune portée, si même elle a encore un sens. Irréductible tant à la pure innovation dans un domaine ou dans l'autre qu'à l'adhésion sans retard ni réticence à ce qu'une époque offre visiblement de plus original (son décor, ses modes, ses grandes inventions techniques et maints autres éléments qui contribuent à en tracer spectaculairement le profil), la modernité est beaucoup plus dans l'œil qui voit que dans la chose vue, dans ce que vous ressentez personnellement que dans ce qui vous fait sentir son existence. Et elle ne saurait, du reste, qu'être des plus relatives, non point tant parce que chaque époque a son moderne en face de son ancien et parce que – tel un costume si parfaitement à la mode qu'il ne s'en démodera que plus tôt ou tel au cœur de Paris le bâtiment de style industriel super dernier bateau dit familièrement « Beaubourg » qui, à peine achevé, donnait déjà à imaginer combien, d'ici peu, il aurait l'air vieillot sans avoir jamais atteint à l'indéniable majesté de ce chef-d'œuvre d'artisan, la tour Eiffel – le plus apparemment moderne d'une époque est assez généralement ce qui en elle datera le plus vite, mais – réserve qui va beaucoup plus loin – parce que c'est selon notre façon actuelle de concevoir la modernité (conception liée au système de valeurs qui est actuellement le nôtre et qui, un clou chassant l'autre, cédera ultérieurement la place à un système différent) que nous jugeons de ce qui en est aujourd'hui l'illustration et de ce qui, pour nous, la représente à des époques dépassées.

Modernité doublement transitoire s'il en est ainsi, puisque c'est la grille d'une notion elle-même mouvante que nous appliquons à la chose jamais fixée qu'il s'agit de saisir. Modernité si fluide que nous sommes portés à nous croire les dupes d'un simple mot quand nous cherchons à déterminer ce qu'elle est, mais dont nous savons pourtant qu'à tout le moins dans les limites de notre expérience immédiate elle a une réalité : celle d'une qualité qui, d'où qu'elle vienne, nous semble positivement attachée à certaines choses et certains êtres particulièrement représentatifs, pensons-nous, de ce temps où nous vivons et de la note pas encore entendue qu'il apporte. Or, songeant à moi qui n'ai rien ni d'un terroriste ou autre militant d'avant-garde, ni d'un technicien de pointe, ni même d'un *businessman* à sténo-dactylos et ordinateurs, moi qui, ne parlant bien aucune langue étrangère, suis aussi peu cosmopolite qu'il est possible et, ridicule pire, ne sais guère plus tenir un volant que nager, ne m'adonnant, du reste, à aucun des sports et des jeux dont aux abords du XXIe siècle la pratique fait partie du bagage de l'honnête homme, moi qui en matière de vêture également suis loin d'être à la page, ayant à peine évolué depuis les vieilles années où je devins un *fan* de mon aîné d'environ deux ans le Nijinski-Savile-Row Fred Astaire, et qui, quant à l'amour, professe certes des opinions libertaires mais n'ai pas mené une existence conforme à ces opinions, songeant à moi – évidemment de ce temps mais qui, me faisant une montagne des menues corvées de notre vie en société de consommation, suis à beaucoup d'égards en retard sur ce temps – je me demande non sans quelque inquiétude où je pourrais trouver ma modernité, qualité à laquelle, probablement parce que j'y vois un synonyme de verdeur, j'attache de l'importance. Tout bien pesé, ne suis-je pourtant pas en droit d'avancer qu'en dépit de quelques apparences contraires il m'est permis de m'en trouver un et que c'est sans doute dans ce qui – manifesté par nul signe directement lisible sur ma personne ou dans mes faits et gestes – m'est le plus intérieur : la conscience cruellement affûtée que je crois avoir de la difficulté qu'un individu à peu près informé et qui réfléchit tant soit peu a de vivre à notre époque ? Si malgré tout je rejoins mon siècle, ce serait donc par le détour ou, puis-je presque dire, par l'antiphrase du *mal du siècle* que cela se ferait, soit par une porte opposée à celle d'une adhésion bouche bée, quasi inconditionnelle, à ce siècle dont la grandeur supposée effacerait suffisamment ses misères pour qu'à défaut de s'y ébattre comme un poisson dans l'eau on soit, du moins, fier de lui appartenir. La porte, en vérité, qu'empruntent maints esprits qui, pas forcément chagrins non plus qu'aigris par un sort accablant, se sentent mal dans le siècle, séquence historique à laquelle ils participent au titre à tout le moins de figurants, et dont leur malaise (la forme changeante elle aussi que revêt leur non-alignement ou leur façon, en tout cas, de s'éprouver insatisfaits) constitue l'un des traits, un trait « moderne » par excellence puisqu'il est de ceux qui marquent la singularité d'une époque par rapport à celles qui l'ont précédée et que, dénonçant une insuffisance, il tend à montrer qu'une mutation est souhaitable, dans ce monde qui n'est pas le meilleur des mondes possibles et que nous n'avons pas fini de mettre à notre mesure, si tant est que nous y parvenions jamais ! Le mal du siècle : vu sous l'angle de la modernité, l'aspect que revêt aujourd'hui l'éternité du mal de vivre, cette peste de toujours, le mal du siècle, celui de ce siècle, soit – s'il n'y a pas ici, effet d'une maladie de la mémoire, interpénétration trompeuse de souvenirs – ce qu'en nous morigénant, nous autres ses jeunes amis attentifs au dadaïsme avant de se faire surréalistes, Max Jacob nommait l'« esprit de néant », lui qui trouvait dans la foi catholique, sinon une panacée, du moins une boussole lui permettant de tant bien que mal se guider et, à la fois, un ancrage qui le tenait à l'abri des constantes remises en question. Or, qu'un démon démoralisateur ait montré ou non le bout de son pied fourchu derrière plusieurs des portes qui s'ouvraient alors dans ma tête et que j'aie ou non prêté parfois l'oreille à ce mauvais conseiller, il est certain que de nos jours le terrain est plus que jamais propice à son action négatrice.

Certitude que je suis appelé, non seulement à mourir (ne plus avoir conscience de rien), mais à disparaître *corps et biens,* c'est-à-dire qu'un jour viendra où nulle trace de moi ne subsistera, voilà ce que je découvre d'abord quand je jette sur mon paysage mental un coup d'œil panoramique. J'aurai beau faire, à quoi me servirait – en admettant que j'y parvienne – de laisser dans ce monde une marque durable, si les lois de l'astrophysique promettent notre planète à l'extinction? A quoi bon, d'ailleurs, m'ingénier à quoi que ce soit puisque n'importe laquelle des voies que j'aurais loisir d'emprunter se perd, à la limite, dans un vide absolu, toujours le même de quelque manière qu'il ait été atteint! Cette perspective d'anéantissement total ne peut que déprimer, c'est évident, celui qui une fois pour toutes l'a vue se dessiner. Mais l'avenir seul y est en cause et, de surcroît, un avenir lointain, quasi imaginaire, ce qui estompe quelque peu la perspective et en diminue d'autant la nocivité. Plus immédiate, toutefois, est la gêne sourde que me créent d'autres herbes qui petit à petit ont envahi mon sol intérieur, ne me laissant qu'un espace étroit pour y planter ce que j'aimerais y planter.

Il m'apparaît, d'abord, qu'aussi médiocre qu'elle soit la connaissance que j'ai des idées de Marx et de celles de Freud m'a conduit à rejeter comme un errement issu de ma jeunesse trop bénignement protégée l'idéalisme qui, jusque dans mes désespoirs, était pour moi une source d'exaltation; dessillement sans doute, mais qui ne va pas sans une désagréable contrepartie : plus d'élans lyriques vers le sublime (blanc ou noir) quand, averti de l'énorme pouvoir de l'économique et de celui du sexuel, on se sait plus manœuvré par le bas que tiré par le haut. De plus, c'est une influence durement démystificatrice qu'ont eue sur moi l'étude et la pratique de l'ethnologie, science pas encore tout à fait orthodoxe quand j'ai décidé d'en faire ma profession : la civilisation occidentale n'est qu'une civilisation parmi d'autres, aussi défendables en droit bien qu'aucune ne puisse être posée en paradis, et il ne servirait à rien d'arguer de la supériorité technique de l'Occident, tout tendant aujourd'hui à montrer combien est vaine l'accumulation de savoir et de recettes que les occidentaux ont accomplie (et qui, d'ailleurs, a cessé d'être leur monopole), progrès indéniable mais qui joue pour le mal – la capacité de destruction – autant que pour le bien et, quoi qu'il s'accompagne d'un affinement de la réflexion, n'intéresse qu'un domaine limité, puisqu'on ne saurait dire, malgré les acquis récents de nos sociétés sur des points tels que la protection de l'enfance et l'émancipation des femmes, que l'homme moderne, bien que les connaissances se soient développées au cours des siècles et que les mœurs aient évolué, soit – dans les profondeurs de son corps généralement mieux nourri de même qu'il est plus richement pourvu d'ustensiles – un être plus intelligent et plus moral que ses prédécesseurs des hautes époques, voire même de la préhistoire. A chaque temps comme à chaque contrée ses formes d'intelligence et ses formes de moralité... A partir de quel critère (pas même l'augmentation de la longévité normale puisque la mort, même tard venue, n'en est pas moins une tragédie plus nue maintenant que jamais, et pas non plus la régression de la tuerie journalière, à la pièce, puisque ce mode artisanal d'éclaircissement du troupeau a cédé place à l'hécatombe périodique) établir une hiérarchie et tracer la ligne ascendante en laquelle se transcrirait un absolu Progrès ?

Dans le même sens réducteur que ce relativisme qui n'affecte pas seulement le Vrai et le Juste mais touche aussi au Beau (les goûts variant comme varient les cultures et nul consensus ne pouvant donc décider de ce qui esthétiquement aurait une valeur absolue) joue le fait que nous savons maintenant que les plus prestigieux des instruments dont nous nous sommes dotés – tels les machines et le langage articulé, qui semblent donner la mesure de notre transcendance par rapport au reste des êtres vivants – nous asservissent en même temps qu'ils nous servent : il nous faut consommer ce que produit l'industrie plutôt que produire seulement ce que nous avons besoin ou envie de consommer et – autre atteinte aux illusions de souveraineté qu'intérieurement nourrit tout un chacun – le système de signes qui est notre moyen d'expression ne se fait pas seulement, par le truchement de la grande presse écrite ou orale, l'outil des propagandes les plus crétinisantes mais, en imposant ses structures, influe sur tout ce que nous pensons, disons ou écrivons, menés à peu près comme en laisse par cela même que chacun pouvait prendre pour une arme lui permettant de s'affirmer personnellement, au mépris de toute contrainte venue de l'extérieur. Relativisme encore très éloigné d'être unanimement partagé, mais qui fait son entrée officielle avec la période historique dite des « temps modernes », dont mes programmes de lycéen prescrivaient l'étude juste après celle du « Moyen Age » et avant celle de l'« époque contemporaine » (drôlement étiquetée puisque c'était avec la déjà bien lointaine Révolution française qu'on la faisait commencer), ces temps modernes pas encore chapliniens et moins encore sartriens dont l'usage voulait que la chute de Byzance annonçât le début mais qui en fait ne prirent leur essor qu'avec la découverte de l'Amérique (d'abord présumée Indes mais bientôt reconnue « Nouveau Monde »), découverte qui, jointe à d'autres navigations aventureuses, bousculait les cadres de la géographie et – par le spectacle des riches empires insoupçonnés trouvés au-delà des mers sur cette Terre qui, d'abord se pelotonnant en boule, cesserait bientôt d'être centre du monde – l'espèce d'absolu presque clos sur lui-même qu'avait longtemps représenté la chrétienté, ces temps modernes dont les débuts virent aussi se produire des atteintes graves et directes à l'autorité de l'Église : l'invention de l'imprimerie, grâce à quoi la Bible passa en quelque sorte dans le domaine public, et, donnant naissance à l'idée de *libre examen,* la révolution spirituelle qu'on appelle la Réforme. Relativisme qui se fait jour dès que, de rudes coups étant portés aux vérités tutélaires, la tradition gage de sécurité cède le pas aux aléas du moderne et dont, en dehors de toutes leçons apprises et réflexions ultérieures, je suis si profondément pénétré qu'il en découle pour moi, réaction sans racines précisément idéologiques mais due plutôt au manque d'un solide point d'appui, un sentiment d'incertitude tel que, doutant de mon bon droit autant que de mes jugements, je n'ose même pas me reconnaître propriétaire de quoi que ce soit qui touche moins immédiatement à moi que les vêtements dont je m'enveloppe, mon léger attirail d'appendices instrumentaux (en particulier stylo à plume, stylo à bille et porte-mine), les cahiers que je rédige de ma main ou les livres qui m'entourent : par chance, quant à l'essentiel de ce dont je dispose, bien qu'en partie comme salaire des quelques travaux que j'ai accomplis dans mes deux domaines d'élection, je me trouve (ainsi la chose se présente à mes yeux) bénéficier d'un certain nombre d'usufruits, mais rien de plus; et si j'y tiens jalousement, autant peut-être que le bourgeois le plus mesquin, je n'ignore pas que c'est par égoïsme de chien attaché à son os, et non en vertu d'une prérogative trop naturelle pour qu'honnêtement on puisse la contester.

Toutefois si, outre le scepticisme auquel les gauchistes d'antan ont été forcés d'en venir quant aux bienfaits qu'on peut attendre des révolutions, je ressens fortement tout cela, qui répond à des vérités dont un homme de notre époque un peu curieux et réfléchi ne peut faire bon marché, puis-je pour autant parler de ma modernité, moi qui subis ce que j'ai nommé mal du siècle comme je subirais un mal de dents, le mal de mer ou une maladie? Pour être authentiquement « moderne » ne devrais-je pas, non me borner à reconnaître ces amères vérités (d'abord savoir, ainsi que l'irréligion y a conduit au moins nombre d'occidentaux, que la mort est un passage au zéro et que d'ailleurs, si la fugacité du moderne a pour beaucoup d'entre nous tant de charme, c'est en raison de cette conscience de notre propre fugacité), non seulement être un homme averti qui ne se berce pas d'illusions mais me montrer assez à l'aise, assez libre d'allure, pour faire face stoïquement, à la manière d'un dandy baudelairien, au lieu de ne pas même m'abriter sous le parapluie de l'humour et de me laisser submerger, bref de ne coller au siècle guère autrement que la toupie colle au fouet ou la victime au bourreau?

Battre en brèche les idées reçues, prendre des libertés avec les usages comme avec la morale courante, c'est ce rejet désinvolte de vieilleries qui ont encore du poids, et pas plus l'attitude chagrine de l'intellectuel trop clairvoyant ou l'honnête jérémiade sur les noires actualités journellement rapportées par les media que l'acceptation satisfaite des divers gadgets que les temps nouveaux veulent bien nous proposer, qui, logiquement, répond à la modernité. Attitude critique, du moins implicitement. Or, dans ma sphère de prédilection, n'est-ce pas un tel esprit profondément hétérodoxe quelque aspect qu'il revête, qui devrait prévaloir? Pour être un vrai « moderne » – ni quelqu'un qui se tient hors du coup, ni un simple suiveur, mais l'un de ces porte-lumière qui chacun selon sa mesure *font* l'époque, contribuent à l'engager vers autre chose que ce qu'à travers notre lecture de maintenant les époques précédentes semblent avoir illustré – il faut en effet être en avance sur elle et donc contre elle à quelque degré, procédant sinon de front du moins par la bande, voire en toute naïveté, à une partielle remise en question de notre façon d'exister comme membre d'une société humaine qui possède ses us et son histoire, et se consacrant (sans lourdeur et sans nécessairement casser les vitres) à cette tâche tant soit peu subversive par définition, au lieu de s'abandonner aux facilités de la mode ou de se conduire en misanthrope qui se borne à remâcher son dégoût. Sacrifierais-je au plaisir d'employer sans en démordre un terme qui me séduit, quitte à en user à contre-pied, en disant que la modernité n'implique pas que vous soyez moderne à la manière de ceux qui semblent s'ingénier à montrer que l'époque leur va comme un gant, mais exige plutôt que vous preniez avec elle vos distances, faute de quoi vous ne pourriez rien faire qui achemine vers une rénovation? En ce sens, la modernité serait le privilège des quelques-uns qui, détachés du gros de leurs contemporains, sont en posture plus ou moins intempestive de défricheurs mais, n'étant pas un corps constitué vouant un culte au moderne pour le moderne, ne sauraient être qualifiés d'« avant-garde » et faire ainsi l'objet de l'une des plus répandues de ces *métaphores militaires* dénoncées par Baudelaire comme chères à l'esprit français. Modernité, donc, qui plutôt qu'un drapeau serait le ruban que, sans même le savoir, certains porteraient autour de leur chapeau. Modernité qui, finalement, vous glisse à tous égards entre les doigts : relative, puisqu'elle n'existe qu'au regard de ce qu'on juge vieilli en fonction d'idées qui ne laisseront pas de changer, d'où incertitude radicale excluant (à l'inverse de l'Absolu qui, hors jaugeage et soumis à nul hasard, est de l'ordre du nécessaire et non du contingent) tout culte rassurant qu'on pourrait lui vouer; fuyante, vu la fuite du temps si rapide qu'un nouveau moderne se profile toujours derrière celui qu'on croyait avoir saisi; changeante même à l'échelle individuelle puisque, pour être cent pour cent moderne, il faut l'être aussi par rapport à soi et, se gardant de tout ressassement comme de tout abandon à des tics, ne pas cesser d'être en éveil; polymorphe, puisqu'il y a de multiples manières de n'être pas conforme et d'ouvrir des voies pour le futur rien qu'en s'inscrivant en faux (sciemment ou non) contre ce qui est ordinairement reçu; rebelle à tout critère autre que négatif, si elle ne peut être caractérisée que comme façon inédite de diverger, seul élément commun à ses avatars divers. Modernité qui, il faut le souligner, ne procède pas directement du monde moderne (ne se modèle pas sur les traits objectifs de celui-ci) mais – brûlure actuelle plutôt qu'actualité brûlante – tient à ce que peuvent avoir d'à peu près sans précédents les réactions personnelles de qui se trouve plongé dans cet ensemble de choses, d'événements et d'idées. Réaction d'où chez les intéressés résulteront des façons de faire qui seront autant d'exceptions ou d'infractions à la règle (sinon catégoriques, du moins constituant des infléchissements apportés à celle-ci), d'une manière ou d'une autre dérangements de ce qui est normalement accepté, de sorte que ces marginaux seront aisément regardés comme des malades, des pervers, des démoralisateurs ou des farceurs, autant dire des dégénérés ou de mauvais plaisants qui n'échapperont à l'hôpital psychiatrique ou au camp de rééducation que dans les pays qui prennent pour image de marque un certain libéralisme culturel. S'il n'est plus guère possible d'être vraiment scandaleux là où aucune philosophie d'État ne faisant autorité la question de l'orthodoxie ou de l'hétérodoxie ne se pose pas abruptement et où, bien au contraire, le terrible embrouillement des choses engendre chez beaucoup un agnosticisme qui les porte à renvoyer toutes doctrines dos à dos, jouant par ailleurs le fait qu'à l'échelle des énormes scandales qui déshonorent le monde actuel de petits scandales sans mort d'hommes paraissent dérisoires, on comprend qu'en des temps moins troublés des innovations telles que, par exemple, la musique de Wagner (dont Richard Strauss est l'un des fils) ou la peinture impressionniste (avec Édouard Manet entre autres) aient pu soulever des tollés : défi au bon sens, plaisanterie d'un goût détestable, voire attentat aux mœurs, c'est ainsi que l'œuvre authentiquement moderne apparaît, en raison de ce qu'elle a par définition de déroutant, et il n'est donc pas étonnant que celle qui se manifeste aujourd'hui fasse encore facilement figure de pauvre élucubration, obscène mise à nu ou pied de nez non moins sacrilège que, nique à la sublimité du grand art, l'addition ironique d'une fine moustache à la lèvre supérieure de la *Joconde* (Marcel Duchamp alias Rrose Sélavy *delineavit*).

Relativisme. Incrédulité quant aux sacro-saints fondements. Démystification. Ambiguïté à l'égard du monde où nous sommes, qu'on repousse à cause de ses vices rédhibitoires, mais auquel dès l'instant que les dieux sont morts on reste attaché parce qu'il est l'unique réalité et que rien, hormis cette chose extérieure à nous mais tombant sous le sens et se prêtant à la familiarité du tutoiement, ne peut – sauf duperie – nous fasciner, certes pas en son entier mais du moins dans quelques parcelles de ce que nous offre notre commerce avec elle. A l'inverse du Christ sourd au Tentateur qui, pour le détourner de sa mission d'éternité, l'invitait à régner sur le monde présent dont en une vue panoramique il lui montrait les splendeurs (ce même monde corrompu que l'Yokanaan de *Salomé* accable de sa malédiction), l'homme moderne est – au sens ancien du terme – un mondain, lui qui, ne pouvant plus parier sur aucune religion (y compris le culte de la raison, divinité façon école laïque et buste de la République), cherche à fonder sa richesse sur ce que le monde lui dispense à travers ses hauts et ses bas. Superficialité, sans doute, et critiquable à ce titre, mais combien préférable à la fausse profondeur de l'apparente compréhension globale que fournit une croyance boiteuse! Ligne positiviste si l'on veut, mais d'un positivisme que ne guinde aucune armature dogmatique, étant d'ailleurs entendu que c'est d'un faible poids qu'en face de nos ignorances pèse ce que l'on sait de science certaine et que, si science il y a, le réalisme que toute science implique réclame qu'elle soit constante remise en cause de ce qui était admis et inlassable recherche, qui jamais ne se reposera sur ses lauriers. Positivisme sans semelles de plomb, qui ne se fige pas en doctrine mais reste incroyance pure et, consistant à prendre les choses au ras de ce qu'elles sont et seulement comme éléments bruts du théâtre où de naissance nous sommes appelés à nous agiter, est si peu corseté que, bien qu'ennemi de l'illusion qui falsifie, il ne traite en mauvaises herbes ni désirs ni rêves et ne soustrait pas ses objets aux floraisons de l'imaginaire, fussent-elles les plus baroques. Donc, sinon chez tous les artisans de la modernité du moins chez le petit nombre que le mal de notre siècle me semble posséder exemplairement, diabolisme indéniable, si s'attacher délibérément à la peau des choses (leur peau de ce matin même, sans fripure d'hier ni apprêt pour plus tard) et bâtir sur elles des châteaux que l'on sait évanescents, c'est se détourner de l'Absolu – alias Dieu – et, péchant sans vergogne contre l'esprit de sérieux, se mettre vis-à-vis de lui en position d'ange rebelle.

Trouver un ciel au niveau du sol, conférer valeur d'éternité à un instant vécu en pleine lucidité, telles sont les joies octroyées quelquefois par le démon moderne de la négation à celui qui, se refusant à prendre des vessies pour des lanternes, ne compte plus que sur le présent – le direct, l'immédiat, le sans souvenir ni attente – et peut être comblé seulement par ce qui, en dehors de tout raisonnement comme de tout projet, lui impose d'emblée la fulgurante sensation de sa présence – non point présence de quoi que ce soit d'habituellement non perceptible se manifestant soudain à travers l'apparence, mais présence de cette apparence même qui, pour éblouir, n'a besoin de rien d'autre que de son propre rayonnement. Je crois que ce ne serait pas tomber dans une oiseuse coquetterie verbale que de parler de « beauté du diable » à propos de ces morceaux de présent qui, nous séduisant jusqu'au vertige, sont non seulement la présence même – appât sans taie, chair fraîche d'ici et de maintenant – mais nous touchent d'autant plus que nous avons conscience de leur impossible durée. D'ailleurs, pour supputer que le diable montre bien là un bout de corne, il suffit de songer au paradoxe, voire au péché, que représente – feu de paille mais non moins vif pour autant – le cas que nous faisons de ces espèces de cadeaux : les savoir prêts à s'évanouir presque aussi vite qu'ils ont été donnés et les privilégier cependant, n'est-ce pas témoigner d'une coupable futilité d'amants de l'éphémère, aussi grave et noble que notre émotion ait pu nous sembler sur-le-champ, quand advenaient ces rares fortunes qui ne récompensent aucun mérite ?

Maintenir un *oui* résolument irrationnel (soumis à nulle logique, car trop spontané et libertaire) sans démordre du *non* qu'impose le rationnel, il n'y a là rien de contradictoire puisque ce *oui* est prononcé sans la moindre crédulité, et que, si la négation reste posée, c'est comme désert où s'affirment des mirages dont on n'ignore pas qu'ils ne sont que les fruits de greffes ou de procédures des plus aléatoires dans lesquelles l'esprit engage la réalité sauvage. Ironie plutôt, qui consiste à le prendre de haut – non sans un noir ricanement intérieur – avec de tristes vérités que nous ne connaissons que trop bien et à refuser, malgré les données que nous dictent savoir et expérience, de rejeter en dévots de la raison ce que la vie d'aujourd'hui peut offrir (ou permettre) de poétique malgré ses terribles tares, ce qui reviendrait à imiter pieusement le chrétien qui, dès le baptême, est tenu de renoncer à Satan, à ses pompes et à ses œuvres. Moderne et péché, du reste, ne sont-ils pas intimement liés ? D'une part le péché, dans la perspective de la foi catholique, est « moderne » en ce sens qu'il constitue un non-alignement, une violation de la Loi, une entorse donnée au plan divin grâce au jeu du libre arbitre ; d'autre part, si le « moderne » est conçu comme plutôt urbain que campagnard, c'est bien parce qu'il ne s'accommode pas plus des charmes surannés du folklore qu'il ne s'accommode de religion (système traditionnel visant à maquiller la hideuse réalité de la mort), mais c'est aussi parce que la grande ville, lieu où se fait la mode et où la technique étale ses derniers perfectionnements, représente le lieu par excellence de la corruption, car c'est là qu'en principe fleurissent – grands paons blancs des jardins du tétrarque

Hérode – les luxes de tout genre et que toutes sortes de *Salomés* – les unes de chair et d'os, les autres va-et-vient ensorcelant d'idées qui luisent comme des pièces d'or – exécutent leurs danses des sept voiles ou autres manèges plus insidieux.

Prêtre d'aucun culte, ni religieux ni politique, mais proche du magicien (qu'anime la volonté de maîtriser et non de servir un dieu, de passer par le maniable pour toucher le non préhensible, de miser moins sur la généralité sans figure que sur le détail qui peut n'être pas plus gros qu'un cheveu mais donne prise, de trouver son bien sur-le-champ, comme ça, aussi sec, et non de s'assujettir en vue d'un gain lointain), *voleur de feu* (sans fureur prométhéenne, mais avide de saisies pirates, gloutonnes, qui d'un seul coup livreraient l'essentiel), impie (son activité s'exerçant, qu'il le veuille ou non, à l'encontre de croyances passées et constituant en elle-même une manière de péché aux yeux des puritains exclusivement soucieux d'action utile), idolâtre (qui place son art au plus haut, bien qu'il ne croie pas plus à l'« art pour l'art » qu'à n'importe quelle autre religion), solitaire (vu sa position d'éclaireur), l'artiste ou écrivain apte plus que le reste des gens de son métier à être qualifié de « moderne », du fait qu'il est à l'extrême pointe, n'a que des chances bien minces d'être autre chose qu'un maudit – un franc-tireur, un mouton à cinq pattes voire une brebis galeuse – ou de bénéficier d'une reconnaissance autre qu'ambiguë; ainsi Picasso, que sa gloire a coiffé d'une auréole sans pareille mais d'une auréole dont pour de nombreux philistins les reflets demeurent légèrement teintés d'enfer.

*Pitié pour nos erreurs pitié pour nos péchés,* écrivait Apollinaire, probablement sans trop y croire mais ressentant pour lui-même et pour ceux de son bord le besoin d'un plaidoyer... Toutefois, d'après tout ce qu'il m'a été donné de lire et de savoir de lui, il ne semble pas que le radieux et dionysiaque Apollinaire, qui fut l'un des grands modernes de mon prime âge adulte et presque un dieu pour moi, puisse être rangé du côté des maudits, bien que terrassé très tôt et très malchanceusement par le destin. Malgré la tristesse volontiers chantée en des vers d'une tonalité lancinante, rien de noir ni de négateur chez ce poète, dont Max Jacob me vantait autrefois ce qu'il appelait son « abondance lactée » et qui, même dans l'humour, ne manifeste qu'une fantaisie baroque et un esprit enclin à la mystification alliés à un solide bon sens. N'est-il pas abusif d'ailleurs, dissertant sur la modernité telle que maintenant elle paraît se présenter, de se référer à un mort silencieux depuis longtemps et dont le centenaire a été célébré récemment, peut-être moins fastueusement qu'il n'eût convenu mais avec respect et admiration cependant? Outre le choix d'un exemple contestable, sans doute y a-t-il dans cet appel au témoignage d'un « moderne » d'il y a une bonne demi-douzaine de décennies et dont certains poèmes figurent maintenant dans des livres d'école un anachronisme flagrant, dont je me serai rendu coupable, inconscient du temps écoulé et content, au demeurant, de m'appuyer sur une autorité guère moindre que celle de Picasso et touchant, elle, aux lettres. En procédant de la sorte, j'aurai donc faussé doublement le jeu, innocente tricherie qui n'est probablement pas la seule à quoi m'aura subrepticement poussé ma crainte panique d'avoir passé l'âge où l'on est en droit de se dire « moderne » et, pour obvier à cette crainte, mon désir informulé de me fabriquer une modernité sur mesures, une modernité comme je la conçois et dont la considération apaiserait mon anxiété autant que le ferait celle d'un théorème prouvant assez ma modernité – autrement dit JEUNESSE – pour aboutir à la conclusion triomphale du C.Q.F.D.

... Et toc!

Tout cela dit, non en discours académiquement organisé mais en accumulation de propos presque à bâtons rompus, la modernité – dont, parodiant la sentence d'Oscar Wilde : « Il y a autant d'Hamlets que de mélancolies », je reste tenté d'avancer qu'à chaque moment de l'histoire il en existe autant qu'il existe de formes alors revêtues par le mal du siècle –, cette modernité pour laquelle je me serai mis tellement martel en tête et qui m'aura fait si mornement louvoyer, merdoyer, que, sardonique, je l'appellerais pour un peu *merdonité* (variante mieux appropriée que la trop flambante et d'ailleurs trop tirée par les cheveux *mets-d'or-nité*) n'est-elle pas, par quelque bout qu'on la prenne, une préoccupation de dilettante qu'il vaudrait mieux ranger au magasin des accessoires quand une époque, telle la nôtre de plus en plus oppressive et sanglante, devient si atroce que – pour les gens qui la vivent, notamment ceux qui comme moi avaient candidement parié sur l'avenir qu'ils voyaient poindre à l'Est – « moderne » en vient à désigner ce qui vous mord et non ce à quoi l'on souhaite mordre ? Notion scintillante, que le poète qui cueillit ces fleurs du mal si imbibées de péché que la justice s'en émut coula dans le même moule artiste-jusqu'au-bout-des-ongles que ses vues sur le dandysme alors que les choses, moins généralement agressives, pouvaient être prises sous l'angle du spectacle... Notion stimulante mais caduque que je renonce à mettre en avant, la modernité – hors jeu en ces temps haïssables où pareille façon de voir s'avère luxe passé de mode ou note fausse qui ne fait que blesser l'oreille, tant il faudrait d'étourderie pour lire selon une grille de cette espèce (l'actuel et ses ensorcellements, l'inactuel sans éclat) un monde que nos moyens massifs d'information montrent décidément chargé d'horreur et prêtant à l'écœurement plus qu'à l'éblouissement – n'a-t-elle pas, camouflet à son nom même, cessé d'être moderne ?

◇

Le passé, défoncé par des trous de mémoire si nombreux qu'une part notable de mon temps se passe à ruser (biaiser après s'être lancé de front, attaquer par surprise, n'y plus penser puis opérer un retour en force, et toutes espèces imaginables de manèges) pour essayer de retrouver le nom ou le mot dont je découvre – lugubre indice – qu'il a coulé à pic.

Le présent, de plus en plus rebelle à toute saisie gourmande, tant se sont épaissis les écrans qui s'interposent, voilant le regard qui s'émousse et s'éparpille au lieu de se poser nettement, l'ouïe feutrée ou désaccordée, l'intelligence devenue nageur se propulsant au ralenti dans une masse gélatineuse.

Le futur, si bouché par les soucis qui assiègent sur l'heure et désormais si bref que je ne fais plus que des projets modestes et les fais à court terme (le plus lointain aujourd'hui, aller dans quelque deux mois voir et entendre une œuvre de Monteverdi que l'Opéra de Paris annonce pour la première partie de sa saison 1978).

Passé en ruines, présent en déroute, futur en miettes, il me reste peu en dehors de la claire conscience de ce désastre, catastrophique mais dérisoire à côté de celui qui commence à faire craquer le monde, dont beaucoup d'entre nous étaient les habitants follement portés à croire que les hommes de notre ère parviendraient du moins à faire en sorte que chaque homme y soit un homme.

◇

*Démoli, rasé,*
*désolé, marri,*
*démoralisé!*

*Radeaux élimés,*
*rameaux élidés,*
*mort des alizés.*

◇

Perdant pied, n'en pouvant plus du suspense et sentant que, si cela durait, ce ne serait pas lui qui mourrait mais quelqu'un qui ne lui ressemblerait pas, un soir de la saison où les jours semblent ne pas vouloir s'éteindre il fit, de lui-même, le grand saut qui l'arrachait à lui-même.

◇

Couleur de lune, de lymphe ou de lin (sauf la rougeur de sa bouche et l'incarnat à peine perceptible de ses joues) mais ni rêveuse ni spleenétique, Olympia paresseusement allongée sur son couvre-lit finement brodé apparaît d'autant plus pâle et plus limpide que son cou d'impie – peut-être sans pensées autres que sereinement prédatrices – est soutaché de nuit noire...

◇

*Fignoler la statue,*
*l'énumérer : blasons.*

*Ou quoi?*

*Sans nom*
*l'autre chose qu'en égrenant des mots je pourrais faire,*
*le sommeil*
*– c'est là l'ennui –*
*m'a dit qu'il y en a une, plus sauvage,*
*mais ne l'a désignée*
*pas plus par devinette*
*que par rébus ou par chiffre.*

◇

Qui ne crie qu'en silence mais qu'un rien, parfois, fait donner de la voix.

Qui tâche de panser avec des mots sa plaie sans origine repérable.

Qui jamais ne met bas le masque, lui qu'a façonné la langue que d'autres ont façonnée.

Qui supporte la solitude avec peine mais n'est guère plus à l'aise en compagnie.

Qui se défie de ces dopings, alcool et café noir, car ils ne font mieux courir que son tourment.

Qui, du repas amical qu'il attendait comme une fête, revient généralement déçu, s'accusant lui le premier de n'avoir pas été à la hauteur.

Qui se voudrait en marge comme y appelle la poésie, mais tient à faire œuvre tant soit peu militante et, sans chercher plus loin, se réjouirait de subjuguer en racontant de belles histoires au lieu de seulement se raconter.

Qui, pour se fuir, furète au fond de son moi.

Qui, tentant de traiter son mal, confond trop naïvement diagnose et thérapie.

Qui ne compte plus guérir de sa hantise car, curable, il serait déjà guéri.

Qui s'applique à ne se promettre aucune grande joie, de crainte d'être déjoué par la mauvaise chance.

Qui se faufile entre ces trois images : celle qu'on se fait de lui, celle qu'il s'en fait et celle qu'il croit lire dans les miroirs.

Qui n'est pas vaniteux jusqu'à s'imaginer modeste.

Qui ne veut pas qu'on le chamarre et ne veut pas s'enorgueillir de ce refus : chamarrure intérieure serait aussi bête qu'une Légion d'honneur.

Qui, non masochiste, écoute néanmoins les nouvelles.

Qui ressent, à l'échelle planétaire, l'extinction des valeurs qu'il avait promues siennes comme une calamité rendant plus calamiteuse encore la perspective de sa propre extinction.

Qui, espoirs sciés et réduit au tête-à-tête avec ce qui n'est pas une douce mélancolie, lâche souvent sa bile sous forme vinaigrée d'humour noir.

Qui, paniqué chaque matin, doit s'armer de pied en cap contre la journée qui vient.

Qui, effaré, s'affaire et, affairé, s'effare.

A qui l'horreur monte à la gorge, s'il regarde en lui avec attention.

Qui souffre de remords anticipés, n'ignorant pas à quelles vilenies pourrait le conduire sa faiblesse.

Qui a pour gîte son corps devenu galetas ou, au mieux, salon que plus aucun bal n'anime.

Qui jalousement veille à ce que ne charbonne pas la lampe allumée derrière son front depuis toujours.

Qui regarde vieillir son acolyte canin comme il se regarderait dans une glace.

Qui se sait animal mais, en écrivant, cherche à s'affirmer autre chose.

Qui, l'œil rivé aux phrases en train de s'enchaîner, est protégé contre la vue, hors jeu, du funèbre désenchaînement.

Qui ne serait qu'un drogué banal si sa dérive ne se concrétisait en un produit consommable par cet *autre,* le lecteur en puissance.

Qui n'aime pas être ce qu'il est, mais aime pouvoir dire qu'il est.

Qui, lorsqu'il se déguise en planche d'anatomie, s'efforce de disposer ses entrailles en élégants rinceaux.

Qui se reproche quelquefois de ne pas mourir de son chant, comme l'Antonia d'Hoffmann ou comme le cygne de la légende.

Qui – préjugé moral peut-être – préfère la griserie musicale à la griserie par boisson fermentée.

Qui médit volontiers de l'art, tel un assisté vitupérant contre son asile.

Qui fait du ligne à ligne comme d'autres font du porte à porte.

Qui, poète, s'acharne à nier l'absurdité dont tout est frappé par la mort.

Qui, sans prétendre à la gloire ni à la pérennité, cherche dans la coulée malheureusement intermittente de l'écriture son breuvage d'immortalité.

Qui porte aux nues sa manie pourtant moins vitale que l'air ou que le boire et le manger.

Qui se réjouit chaque fois qu'il touche des droits d'auteur comme s'il trouvait là une justification.

Qui, malgré sa haine du truquage, fait feu des quatre pieds pour découvrir le truc.

Qui joue avec des dés qu'il pressent pipés mais, partie perdue, s'étonne et se désole d'avoir été volé.

Qui, ni en donnant la vie ni en l'ôtant à quiconque, n'a poussé à la roue du monde.

Qui déplore d'être à tel point rebuté par la politique, chose cruciale puisque le sort des hommes en dépend.

Qui, la construction socialiste ayant partout manqué le coche LIBERTÉ, se demande s'il faut tourner la page ou s'ingénier à rectifier la méthode.

A qui sa vie matériellement facile aura permis bien des luxes moraux !

Dont sa défiance envers les certitudes plein chêne risque de faire une planche pourrie.

Qui souvent se pense ilote mais ne sait pas au juste de quels Spartiates il l'est.

Qui dit du mal de soi pour dire par ricochet du mal des autres.

Qui juge l'existence ridicule sans parvenir à en rire.

Qui navigue entre l'éveil anxieux et l'engluement dans la somnolence.

Qui, point seul et possédant encore quelques recours (travail littéraire, Dogmatil, gloutonnerie, bains plus chauds et plus longs qu'il n'est d'usage, opéra, visites d'expositions, promenades à pied, etc.), devrait évidemment s'abstenir de se plaindre.

Qui de plus en plus a honte d'être inapte à ce tour de force : en toutes circonstances garder une humeur égale.

Que l'angoisse tient comme un chien qui sent la mort dans la maison.

Qui connaît trop ce que ces termes désignent pour ne pas hésiter avant de se dire « désolé » ou « navré » dans des formules de politesse.

Pour qui les mots deviennent lettre morte quand les choses se portent trop mal.

Qui ne comprend pas que les êtres humains, jouets déjà des pires maléfices, semblent si fréquemment prendre plaisir à en rajouter.

Qui parie sur le milligramme capable de faire pencher la balance vers un instant heureux.

Qui ne pourrait gommer ses contradictions sans s'effacer lui-même.

Qui répugne à s'admettre minime quidam plutôt qu'adoré mikado.

Qui n'a plus qu'à s'étendre à son tour – comme sur un matelas ouaté – aux côtés de tant d'amis que rien ne pouvait, eux non plus, protéger.

Qui essaie de finir ce livre alors que sa propre vie et la civilisation à laquelle il appartient finissent.

Aux yeux de qui le bel instant a un prix de plus en plus

grand, tout comme l'or monte en Bourse quand rôdent les catastrophes.

Qui, même s'il s'enrubanne, se sait déjà devenu vieillard épouvanté.

Qui – ardemment – souhaite la minute-merveille, mais ignore l'art de goûter la douceur éventuelle de l'heure.

Qui, alors qu'il lui faudrait des cordes, des câbles voire des filins d'acier, se cramponne à pas même cinquante centimètres de ruban !

Qui, sans être plus fier pour ça, finira non réconcilié.

Qui n'a aucun grief contre ses père et mère, sauf que lui donner vie c'était le promettre à la mort.

Qui s'adonne à cette drôle d'alchimie : muer en encre ses larmes non versées, intérieurement devenues bourbe et nausée.

Qui sait trop bien que « je » n'est pas *un autre*.

◇

A l'inverse d'*Olympia* nue, *Nana* corsetée et juponnée n'a auprès d'elle pour l'honorer ni domestique d'une autre race ni animal d'une autre espèce mais seulement – montré assis et de profil dans la partie droite du tableau – un bourgeois d'âge moyen à haut-de-forme, habit noir et plastron blanc, miché par qui la femme-objet semble jaugée tout comme l'œuvre elle-même le sera par l'amateur.

Olympia, Nana : nullement femmes fatales, mais fabricantes de plaisir comme il y a des gens qui fabriquent des armes et d'autres du chocolat.

◇

Alors qu'autrefois, plus orgueilleux et plus candidement certain qu'un écrit poétique possède une valeur en soi et n'a besoin de rien d'extérieur qui justifie la décision prise de l'élaborer, je me moquais autant d'avoir une large audience que du jugement de la postérité, mes doutes sont devenus tels que, sans trop m'avouer ce désir qui pourrait bien procéder d'une vanité ridicule, j'en arrive quelquefois à souhaiter un franc succès.

Certes, je ne cherche pas là une preuve de la qualité de mon travail, l'accueil fait aux livres n'étant pas un critère sur ce point et je ne crois pas davantage qu'être entendu signifie être écouté, suivi, exercer un pouvoir et, en l'espèce, l'exercer sur beaucoup. Mais, du moins dans les moments où toute confiance m'abandonne, j'estime que mettre au jour une œuvre qui n'intéresse qu'une faible quantité de gens censément « avertis » est dépourvu de sens. Quelle pauvre élucubration serait-elle en effet, si elle n'avait – seule façon pour elle, si grave soit sa teneur, d'échapper à l'insignifiance voire, vais-je jusqu'à me dire, d'exister – un impact n'affectant pas exclusivement quelques personnes ouvertes à ce luxe et déjà de connivence, mais une masse anonyme de nos congénères, ainsi envahis par quelque chose qui, faisant le poids à côté de leurs soucis multiples, s'affirme non négligeable par rapport à des réalités assez réelles pour valoir que de nombreux êtres humains s'en inquiètent!

Ce qui en somme me tourmente, sans m'incliner à un opportunisme dans lequel je ne verrais que bassesse et que d'ailleurs je ne pratiquerais qu'en maladroit, c'est l'idée bête comme chou mais désarmante qu'une œuvre reste nulle et non avenue quand son bien-fondé n'est pas démontré par le fait non seulement qu'elle oppose mieux qu'un château de sable aux vagues du quotidien dans l'esprit de ceux qu'elle atteint, mais qu'elle agit ainsi sur des têtes pêchées un peu n'importe où en foule numériquement forte, condition *sine qua non,* cette mesure d'épicier, la statistique, amenant aussi grossiers qu'ils soient des blocs de réalité à se dessiner, attestation sans réplique, tel – en l'espèce – le bloc de suffrages qui définit un succès littéraire et, d'aussi haut qu'on en prenne avec lui, ne pèse pas un gramme de moins que ce qu'il pèse.

(Propos défaitistes, que perfidement vient tenir à mon oreille le mauvais ange ou avocat du diable que je ne cesserai jamais d'héberger en moi, sauf nettoyage par le vide du gâtisme!)

◇

Comment passer autour du cou des choses – de quelques-unes du moins parmi celles avec lesquelles j'entre en commerce – le ruban qui les rendra, pour moi comme pour ceux à qui j'en parlerai, aussi présentes, pressantes, que l'*Olympia* de Manet avec son cou barré de noir? Précieux ruban dont, oubliant qu'il n'est qu'une parure agrémentée d'un nœud, genre lacet de soulier, je voudrais pouvoir user à volonté et faire – sauvegarde contre la noyade – la légère mais secourable ceinture de liège que son embrassement circulaire rappelle... Ruban, toutefois, qu'examinant plus honnêtement son image peinte – ligature étroite serrant un cou bien planté sur les épaules – je devrais plutôt classer dans la même ténébreuse famille que le garrot de supplicié ou la corde pour se pendre!

Poser un grain de sel sur la queue d'un oiseau pour l'attraper, passer le ruban – ou accomplir le manège – qui procurerait, presque à coup sûr, la joie d'investir d'un pouvoir poétique telle chose affectant la conscience : opérations qui l'une comme l'autre n'ont de sens que dans le non-sens, car à quoi bon une recette qui n'aurait chance d'être payante que si, la proie visée étant quasiment dans notre main et celle-ci n'ayant plus qu'à saisir au lieu de laisser s'envoler, le problème à résoudre était déjà résolu?

◇

Debout au bord d'un quai si bondé qu'à l'instant où le métro entrera en gare je serai jeté sur les rails.

La mince planche dont, poussé dans le dos, je n'ai plus que quelques mètres à parcourir avant de tomber à la mer.

Jusqu'alors toujours dépannée, la mécanique qui cette fois ne se réparera pas plus qu'elle ne se remplacera.

Le vêtement que j'aurai loisir d'étrenner, mais qui n'aura pas le temps de s'habituer à moi.

L'invité à qui, évanoui à jamais, je ferai faux bond sans pouvoir m'excuser.

La bouteille que je devrai abandonner, mi-pleine, sur la table.

Le jour où j'ai senti que, ma chance épuisée, j'étais promis à perdre sur tous les tableaux.

Ni gouffre ni sommet, le vide dans lequel, plomb ou plume, je suis plongé.

Trop tardive pour m'aider, l'illumination qui m'apprendra ce qu'est au juste le ruban de cou d'Olympia.

Objet précis d'angoisse : la page que je laisserai inachevée – mon souhait pourtant, puisque j'espère travailler (m'affirmer là) jusqu'à mon dernier souffle.

◇

Parfois et spécialement maintenant, en ces jours qui porteraient à consulter voyantes et dresseurs d'horoscopes tant sont grandes les inquiétudes sur le proche avenir du monde, je pense à cette toute jeune femme aperçue à Cologne un soir d'il y a pas mal d'années et qui, zigzaguant le long du trottoir en une marche aussi proche de la course que de la chute avec des temps d'arrêt suivis de nouveaux et brusques départs, tambourinait des deux poings aux vitres des fenêtres de rez-de-chaussée qui se trouvaient sur son passage. Était-elle ivre ou droguée ? Ou bien, désespérée, quémandait-elle un secours dont peu lui importait d'où il viendrait ? A moins que, révoltée, elle ne se fût seulement acharnée à troubler le calme des honnêtes gens dont les soirées se passent dans une douce intimité...

Quelle qu'ait pu être la cause du déchaînement de cette fille, brièvement apparue mais dont la silhouette fragile et instable ne manquait ni de grâce ni de juvénile élégance, il était pénible de se dire – pour un étranger tel que moi dînant en famille dans un restaurant dûment catalogué – qu'il y avait là, quelque part au-dehors, cette éperdue qui frappait à tous les carreaux, ne sachant à quel saint ou à quel diable se vouer pour éviter de rester seule en face de son tourment.

◇

A voir si parfaitement heureux le jeune enfant qu'en l'absence de toute justification familiale il avait emmené au cirque pour lui en découvrir la fête, il éprouva un sentiment mi-tendre mi-lancinant et, à un moment où devant un numéro bondissant d'acrobates en maillots pailletés le gentil visage s'épanouissait en un ravissement total, il eut peine à ne pas éclater en sanglots, songeant à cette dérision : l'homme guéri comme lui de tout espoir de bonheur que son petit compagnon encore ignorant serait probablement un jour.

Une scène du même ordre aurait pu, aussi bien, avoir lieu soit dans un zoo face à un ours debout sur ses deux pattes de derrière, à un groupe de singes exécutant prestement leurs gambades ou à un éléphant prenant délicatement un petit pain avec le bout de sa trompe, soit dans la rue au passage d'un lent cortège de gardes républicains à cheval.

◇

« Je n'ai pas envie de vous tuer! » Puis, presque comme en aparté, et d'un ton moins violent malgré la menace implicite : « ... Pas pour l'instant. » Ce à quoi je réponds, voulant dire simplement que je suis loin d'envisager l'éventualité d'une agression dont je serais victime : « Je n'en ai pas la moindre idée », propos qui amène de la part de l'autre un « Voilà » froidement conclusif, marquant que la chose – s'il y en avait eu une en litige – est démontrée ou que l'incident – s'il en fut un – est clos.

Cela se passait dans le métro, en premières. Mon interlocuteur et moi, nous étions assis dos à dos, lui sur une banquette dont le reste était vide, moi sur un strapontin. Lui, âgé peut-être de trente et quelques années, était un homme très foncé de cheveux, au visage pâle et glabre sauf les pattes bien fournies descendant jusqu'à mi-oreille, un garçon sans doute assez grand (d'où son tranquille abattage) et certainement assez beau, encore qu'un peu vulgaire. Était-il saoul? Ou un quelconque plaisantin désireux d'effrayer le vieux monsieur que je suis? Jamais je n'en saurai rien, et je le saurai d'autant moins que, juste après le bref entretien, je devais quitter notre wagon pour un changement de ligne.

Je note seulement qu'au moment où il m'interpella celui qui jusqu'alors m'avait tourné le dos lisait le journal *le Monde*. Dans ce numéro – je le savais pour avoir eu le même journal entre les mains une ou deux heures plus tôt – un article était consacré à l'arrestation, dans un appartement du cinquième arrondissement, de cinq jeunes Allemandes soupçonnées d'avoir été en relations avec le groupe Baader et les Brigades Rouges. Ce n'est assurément pas un terroriste qui m'avait adressé la parole, mais je suppose que, lisant l'article en question, sa pensée s'était orientée peut-être avec sympathie de ce côté-là : kidnapping, prise en otage, meurtre à peine discriminé ou, par quelque voie que ce soit, rupture avec les règles élémentaires qui protègent la vie bourgeoise.

◇

Couper les mains, couper les pieds, voire couper les oreilles ou le nez, peut se faire sans que cela entraîne la mort. Mais pas couper le cou, trancher le pédoncule relativement gracile qui relie la tête au torse. Particulièrement émouvant – car touchant à une partie du corps innocente si l'on veut, mais dont toute mutilation radicale coûte la vie à l'agressé – sera donc l'ornement de cou, et plus encore si, ruban d'un souple tissu et non collier aux durs éléments minéraux, il apparaît propre à masquer et discrètement réparer une légère mais cruelle blessure qui aurait entamé ce cou.

N'est-ce pas pour cacher (travestir) et, s'il se pouvait, guérir (grâce à un dépassement) le chancre qui me ronge l'esprit et qui, littéralement, est pour moi l'*indicible* – ce que, même si j'arrivais à savoir le dire, je ne pourrais pas dire car m'avouer vidé de toute croyance au point où je le suis serait moralement une démission totale – que je procède si souvent comme si, repoussant dans la puanteur de son marais l'indésirable qu'est cet indicible, je n'avais d'autre but que de changer le ruban de l'écriture en piège à *ineffable*.

◇

C'est, je crois, un élégant maquereau nommé Linda de Castillon qui, vers la fin du siècle dernier, assassina la courtisane Marie Aguettant. Non, que je sache, crime sadique à la Jack l'Éventreur (encore qu'il y ait eu, me semble-t-il, égorgement et non relativement propre strangulation), non geste fatal qu'eût dicté quelque rage passionnelle mais, dans la douce tiédeur d'une chambre de cocotte bien achalandée, agression prosaïquement motivée par le désir de faire main basse sur les bijoux ou autres richesses de la victime, ce meurtre sans romantisme et pour ainsi dire fonctionnel mena son auteur à la guillotine.

Est-ce en agissant sur une cordelette, comme quelqu'un qui manœuvre une chasse d'eau vieux modèle ou tire un coup de canon, ou bien en pressant un moderne bouton, que le bourreau tout de noir vêtu – en redingote peut-être et melon si ce n'est tuyau de poêle, comme longtemps on appela ce genre cérémonieux de couvre-chef – fit choir le couperet sur le col nu du condamné, que je vois doté de beaux cheveux aile de corbeau et d'une moustache relevée en crocs, sur sa face aux méplats bleutés de tzigane ou de rasta, ce condamné qui, au cours d'une carrière brève mais sans doute cahoteuse qui pour leur malheur à tous deux le conduisit jusqu'à Marie Aguettant, avait – on peut l'imaginer – séduit maintes femmes par ses airs bravaches et par la souplesse de sa démarche féline plutôt que chaloupée comme l'autrefois célèbre variété de valse (plus tardive, il est vrai, puisqu'elle ne remonte pas plus loin que le début du siècle présent)?

Quand Linda de Castillon ou le présumé tel fut puni d'avoir traité une fille galante comme si son métier appelait la mort autant que l'amour, les exécutions capitales étaient publiques et, paraît-il, attractives pour le monde de la noce presque autant que pour la pègre. Il n'est donc pas aberrant de penser que plusieurs des belles de nuit qu'il avait fait monter au septième ciel virent sa tête à la nuque rase tomber dans le panier de son.

◇

Plus près de la gare Saint-Lazare et de ses fumées bleutées que de la mer Morte aux eaux surchargées de sels, un gros bouquet enveloppé de papier blanc et non une tête de saint Jean-Baptiste saignant sur un plat d'argent, voilà ce que la camériste sombre comme ne saurait l'être une native de Judée apporte à sa patronne dépouillée de tout voile, cette Olympia dont la souveraine indifférence apparaît plus cruelle encore que la passion démente dont brûle Salomé!

◇

Au matin, dans la chambre à deux lits où dans notre maison de l'Essonne nous dormons pour ce week-end hivernal parce qu'elle est mieux chauffée que notre chambre habituelle, ma femme me rend compte d'un cauchemar qui lui a paru durer fort longtemps, si ce n'est toute la nuit, et dont elle reste péniblement imprégnée : sans que se pose la question d'une retraite possible, elle est sur un grand rocher qui s'effrite peu à peu et dont, apeurée, elle prévoit que bientôt, craquant entièrement, il se dérobera sous ses pieds.

Ce rêve – réaliste à un double égard puisque, d'une part, rien ne s'y passe qui ne soit à peu près plausible et que, d'autre part, il répond assez directement à notre situation de gens dont l'espérance de vie s'est singulièrement rétrécie et qui, par ailleurs, s'inquiètent du cours plus que jamais détestable qu'ont pris récemment les événements dont nous informent journaux, radio et télévision –, j'aurais pu le rêver moi-même.

De la part de ma femme, ordinairement encline à se moquer de ma tendance à voir toujours les choses en noir, la lugubre couleur d'un pareil rêve m'étonne. Quelque phénomène de télépathie, abolissant l'écart qui sépare nos deux lits et s'accomplissant dans l'absolu silence de nos bouches et en l'absence de tout geste par l'entremise duquel nous aurions communiqué, l'aurait-elle amenée à prendre ma relève et à faire à ma place le rêve angoissé que je ne faisais pas? Ou ne faut-il voir là que l'indice d'une convergence de nos deux pensées, travaillées quotidiennement par les mêmes lourds soucis et qu'avait endeuillées deux jours auparavant le premier anniversaire de la mort de quelqu'un qui nous était tout proche? Cette hypothèse où le supranormal n'entre pas est évidemment la plus simple, et cela suffit pour que je l'adopte de préférence à l'autre. Quoi qu'il en soit, il m'en coûte de constater que s'est assombrie à son tour la compagne dont le clair et joli courage face aux traverses grandes ou petites a toujours été un contrepoids apaisant à mon triste manque de vaillance, mais qui me semble (motif de remords) avoir été gagnée par mon pessimisme – le courant s'étant à la longue inversé entre nous – à moins que (motif de crainte) les affaires planétaires aussi bien que les nôtres aient vraiment ainsi tourné que, pour elle comme pour moi, nul soleil ne puisse être encore de saison. Ce qui n'est pas sa faute mais dont, par trop accoutumé à ce qu'en ange sauveur elle dissipe mes alarmes, je suis tortueusement poussé à lui faire grief!

◇

Quand prononcer ou écrire ce prénom tendrement féminin fut devenu l'unique moyen qu'il eût de rétablir un semblant de contact avec celle qu'il avait perdue, ce fut comme si son intelligence ne disposait plus d'aucun autre vocable et comme si – démuni presque autant que Baudelaire finissant sa vie avec un langage limité, d'après ses biographes, à « Cré nom ! » – il n'avait plus, pour le rattacher au dehors, que le sentier si souvent parcouru de ce prénom.

◇

*Ruban couleur de nuit mais qui aide à voir clair.*
*Ruban dont la noirceur de jais semble vouloir faire pièce à la gomme du néant.*
*Ruban lanière de fouet malgré ses airs de mouche du coche.*
*Ruban qui donne du goût plutôt qu'il n'enjolive.*
*Ruban que la crudité de la vie appelle comme un assaisonnement.*
*Ruban de fête qu'on porte même les jours ouvrables.*
*Ruban le meilleur marché en même temps que le plus cher.*
*Ruban que l'on doit apprendre à nouer et non abandonner au vent.*
*Ruban dont le charme s'exerce là où votre gorge se serre.*
*Ruban qu'il faut rouler et dérouler pour, de fil en aiguille...*

◇

Dans un lieu vague mais construit, lieu très propre et dénudé, style « fonctionnel », à l'intérieur duquel je me trouve, cela en pleine lumière géométrique d'un jour probablement d'été, je suis couché presque en boule au bord d'une grande ouverture rectangulaire (telle une porte ou une fenêtre sans battant) qui donne sur un vide totalement indéfini mais que je sais profond – et profond beaucoup plus, le sol n'étant pas visible si toutefois il existe, que s'il s'agissait d'une voie de chemin de fer sur laquelle béerait vertigineusement la portière d'un wagon tiré par une locomotive dernier modèle lancée à toute vitesse. Forte est la tentation de me laisser dévaler de l'autre côté de l'ouverture si proche, pour échapper, grâce à un acte qui ne me coûterait aucun effort physique, à l'inquiétude sempiternelle dont je ne vois pas quel autre moyen il me resterait de m'en délivrer. J'y renonce pourtant, au moment même où j'y suis à peu près décidé, car ma peur de la chute écœurante dans l'absolue neutralité de ce vide surpasse l'envie que j'ai de couper court.

Ne vaut-il pas mieux, si peu réjouissant que soit ce terme de l'alternative, durer encore quelque temps que glisser là où, sans rémission possible, est tranché plus net qu'au rasoir le ruban de la durée?

Rêve matinal, aussi désolé que le sont devenus la plupart de mes pré-réveils et réveils longs à se désembourber... Je dois ajouter, toutefois, que ce rêve – transposition imagée d'une pitoyable réalité – et l'application que j'ai mise ensuite à en faire le récit sans errement ni déplaisante bavure m'ont procuré, à eux seuls, une relative et temporaire délivrance. Mieux vaut assurément un mauvais rêve racontable qu'une pensée au même titre mauvaise qui, vous assaillant sans déguisement et n'ayant rien d'une figure à décrire ou à décrypter, pourrait certes se dire – être sèchement rapportée, livrée dans sa nudité cynique – mais non se raconter !

◇

Peur d'avoir l'air de quelqu'un qui, après son passé d'incroyance, aurait tourné casaque *in extremis* ou bien d'un dilettante impénitent jusqu'à vouloir *post mortem* se manifester tel, c'est cela surtout qui m'empêche de souhaiter que mon enterrement se fasse aux sons d'un beau *Requiem* (celui de Mozart ou celui de Verdi, expressément). N'était cette peur, il ne me déplairait pas d'affirmer par le truchement de cette diffusion de musique enregistrée – l'exécution réelle étant exclue pour quiconque n'a ni les moyens ni l'envie d'avoir des obsèques de nabab – que l'art, pour limitée que soit la foi qu'on peut avoir en lui, continue de signifier quelque chose même quand la mort est là. Plus démonstrative que l'œuvre délibérément funèbre qu'est un *Requiem,* serait sans doute aucun une composition empreinte de passion pure (signée Puccini par exemple) ou, mieux encore, de légèreté (tel morceau charmant d'opéra bouffe), donc nullement de circonstance et faisant voir uniquement qu'en dehors de tout pieux travestissement de sa condition difficile à regarder en face, l'homme est capable, par sa seule industrie, d'introduire dans son existence précaire un peu de merveilleux. Mais, loin de servir la cause bien litigieuse de l'art, cela ne donnerait-il pas à penser que le choix d'un pareil accompagnement n'est rien d'autre que le fruit d'un désir oiseux de provocation?

◇

Présence qui n'est ni celle de l'inconnue que demeure *Olympia,* ni celle de Victorine Meurent, ni même celle du prestigieux Édouard Manet mais – plus curieusement – celle d'une figure qui, avant d'être on ne sait trop comment baptisée *Olympia,* avait été peinte par Édouard Manet s'aidant de Victorine Meurent, dont les charmes ont trouvé un miroir (fidèle ou non) sur cette toile où apparaît ce qui nulle part n'avait pris corps.

◇

Je connais un peintre non figuratif dont la dévotion à son art ne va pas sans quelque héroïsme (travailler de nuit malgré la fatigue de journées sacrifiées aux besognes les plus ingrates). Jeune encore, il est – selon le commérage d'un ami commun – le fils d'une professionnelle du strip-tease, art plus que figuratif puisqu'il consiste à montrer dans tout son éclat, au terme d'un rite calculé pour attiser l'impatience et tel qu'une même personne y est servante en même temps qu'idole, l'affriolante réalité d'un corps féminin.

S'écarter, autant que faire se peut, de toute réalité observable dans la vie, éviter de susciter par l'image la présence de quoi que ce soit, serait-ce pour l'artiste en question un moyen radical de ne rien rencontrer qui, sur sa toile, rappellerait de près ou de loin la nudité à quoi un métier impudique vouait (ou voue encore) sa mère?

Quant à moi, scripteur aux origines tout à fait bourgeoises, non seulement je vise en premier lieu à traiter de réalités immédiates, mais je procède volontiers à une sorte de strip-tease mental. Nulle crainte, en effet, que j'aurais de mettre en cause – par contrecoup – quelqu'un à qui je dois congénitalement respect ne s'oppose à une mise à nu (me dévoiler au maximum ou, s'il le faut, appeler crûment un chat un chat) que limitent seules ces deux autres craintes : tomber dans la platitude de la banalité ou révéler par trop expressément mes tares, plus nombreuses et plus lourdes que mes propos apparemment sans retenue ne peuvent le laisser entendre.

◇

Rêve non rêvé :

Sous peine de tomber dans ce gouffre, l'enfer du monde actuel (tueries, mensonges, tortures, internements, famines), je dois parcourir d'un bout à l'autre une longue ligne constituée, très haut, par les lettres de l'alphabet. Usant de mes deux mains qui s'accrochent et laissant mes jambes baller dans le vide, je passe d'une lettre à l'autre, pris de nausée chaque fois que pour avancer d'un cran je consens non sans hésitation à ce que l'une de mes mains se détache et s'aventure vers la lettre suivante. Parti de A, je me demande si j'aurai la force d'aller jusqu'à Z, où je sais que – tel un fil-de-fériste parvenu à sa plate-forme après la problématique traversée – je serai en sécurité. Grande est mon envie de renoncer, à cause tant du vertige physique que de celui qui tient à ma conscience de l'absurdité de ma situation, mais comment faire ? Si j'en décidais ainsi, il me faudrait en effet ou revenir à mon point de départ, entreprise aussi périlleuse que l'autre, ou rester suspendu jusqu'à épuisement à la consonne ou à la voyelle au-delà de laquelle je n'aurais pas pu poursuivre ma progression incertaine.

◇

*L'art :*
*prolifération baroque sur les dures arêtes de la vie,*
*luxuriance seigneuriale,*
*mais château qui ne résiste pas à la poussée des trop furieuses tempêtes.*

◇

La double fin à laquelle je voudrais parvenir quand, cherchant un terrain plus ferme que celui de l'invention pure, j'oriente mon travail vers le réalisme :

grâce à la mise en jeu (fût-ce sur le plan de la fiction) d'une réalité vivante, enraciner l'écrit et lui donner l'épaisseur que ni ombre ni rêve ne possède;

rédimer le réel, aussi sombre qu'il soit, en fabriquant – sans maquillage – un peu d'or avec une de ses parcelles (ou simulacre de parcelle).

◇

Le ruban qui, sans l'étrangler, encercle le cou d'Olympia et que son nœud – *ad libitum* signe conventionnel de l'infini, paraphe qui authentifie ou pales jumelées d'une hélice évoquant de voluptueux essors – distingue du serpent qui, se mordant la queue, illustre l'éternel recommencement, ce ruban qui, à moi qu'un désir double d'exactitude réaliste et de compacité n'empêche pas d'être séduit par les aléas de l'analogie, suggère bien plus que ce qu'exige sa stricte nature, ce ruban de largeur et de longueur modestes a-t-il été le fil qui me gardait de totalement m'égarer dans le dédale où l'écriture m'entraînait ou ne dois-je voir en lui qu'un ajout futile dont j'aurais usé comme une coquette le fait de ses fanfreluches? Ni fil d'Ariane ni enjolivement, mais cordon tiré presque à tout hasard pour que s'ouvre un rideau et que naisse une clarté dont j'ignorais à peu près ce qu'elle me montrerait, je crois qu'il faut regarder ce ruban comme le détail concret qui m'a mis ici le pied à l'étrier et, en lui-même aussi peu de chose qu'un papier tue-mouches sur lequel toutes sortes d'insectes volants seraient venus se coller, n'en joua pas moins le rôle moteur que, pour le savant, joue l'hypothèse de travail. Que le nu peint par Manet (dans un tableau si neuf de conception qu'il fit scandale en son temps) atteigne à tant de vérité grâce à un détail minime, ce ruban qui modernise Olympia et, mieux encore qu'un grain de beauté ou qu'un semis de taches de rousseur, la propose plus précise et plus immédiatement visible, en faisant d'elle une femme pourvue de ses attaches de milieu et d'époque, voilà qui prêtait à réflexion, si ce n'est à divagation !

Témoignerait-on d'un esprit sottement positiviste en souhaitant que dans n'importe quelle création émanant d'un artiste ou d'un écrivain il entre au moins un pareil détail qui, situant et actualisant, confère au tout une existence irrécusable en l'amenant pour ainsi dire à cristalliser en la réalité qu'il n'aurait pas si cette parcelle solide n'agissait comme amorce ? Qui plus est, une idée que tu songes à exploiter sera-t-elle plus qu'une idée morte si, au départ, fait défaut le ruban ou détail par l'entremise duquel tu t'en empareras, non comme d'un bien abstrait, mais comme d'un gibier que son pelage ou son plumage singularise ? Enfin ne me faut-il pas, sous peine d'avoir dans la bouche un perpétuel goût de cendre, savoir prendre – au gré des jours – maints incidents banaux par un bout tel qu'ils émergeront de l'insipidité quand je me les raconterai, en scrupuleux historiographe et sans recours à des épices importées de je ne sais quelles Indes ?

Noter cependant que, si les joies en question appellent un training, elles ne peuvent se préparer à coups de bonnes recettes, comme on prépare de petits plats ; en user ainsi avec ces joies – dont les plus signifiantes sont celles qui, réactions spontanées à des beautés qu'on tient pour dépassant l'ordinaire, semblent prouver par leur profondeur même qu'il n'y a pas qu'absurdité et que l'espoir est donc permis en maints domaines –, cela reviendrait à les mettre au même rang que les jouissances à fleur de palais procurées par la gastronomie, art indéniable mais qui ne se prête à aucune illumination. Ces glorieux instants auxquels j'aspire – dans la vie et, à défaut, par l'écriture –, puis-je les traiter comme si c'était à des pratiques de cordon bleu que m'invitait ma longue fascination par le ruban au cou de la froide et troublante satane ?

O.K. !

N'empêche – et j'en suis malheureux – que ce ruban, quelque prix que j'attache à ce raccroc dernier, n'est qu'un pauvre fil d'araignée que je n'oserai prétendre modeste brin de la cordelette qui permettrait d'étrangler ces monstres aux multiples formes : racisme (qui ne veut pas admettre cette évidence, à savoir que tout humain est un humain), fascismes de tous bords (qui méprisent notre espèce au point de croire qu'il faut la mener à la trique) et autres ignominies dont, quoiqu'elles reposent sur des données plus qu'éculées, le monde apparaît presque chaque jour un peu plus sinistrement souillé.

◇

*Jadis,*
*autrefois,*
*naguère,*

*hier,*
*aujourd'hui,*
*demain,*

*bientôt,*
*plus tard,*
*jamais.*

## DU MÊME AUTEUR

*Aux Éditions Gallimard*

*Voyages*

L'AFRIQUE FANTÔME, *illustré de 32 planches hors texte.*

CONTACTS DE CIVILISATIONS EN MARTINIQUE ET EN GUADELOUPE.

*Essais*

L'ÂGE D'HOMME, *précédé de* DE LA LITTÉRATURE CONSIDÉRÉE COMME UNE TAUROMACHIE.

LA RÈGLE DU JEU :
- I. BIFFURES.
- II. FOURBIS.
- III. FIBRILLES.
- IV. FRÊLE BRUIT.

LE RUBAN AU COU D'OLYMPIA.

LANGAGE TANGAGE ou CE QUE LES MOTS ME DISENT.

*Poésie*

HAUT MAL.

MOTS SANS MÉMOIRE.

NUITS SANS NUIT ET QUELQUES JOURS SANS JOUR.

*Roman*

AURORA.

*Dans la collection « L'Univers des Formes »*

AFRIQUE NOIRE *(en collaboration avec Jacqueline Delange).*

*Critique*

BRISÉES.

ZÉBRAGE.

*Littérature*

À COR ET À CRI.

*Aux Éditions Denoël*

CINQ ÉTUDES D'ETHNOLOGIE *(Tel/Gallimard, n° 133)*.

*Ouvrage reproduit*
*par procédé photomécanique.*
*Impression Société Nouvelle Firmin-Didot*
*à Mesnil-sur-l'Estrée, le 2 avril 2006.*
*Dépôt légal : avril 2006.*
*1er dépôt légal : août 1989.*
*Numéro d'imprimeur : 78463.*

ISBN 2-07-071702-X./Imprimé en France.

143476